中公文庫

持続可能な魂の利用

松田青子

中央公論新社

目次

持続可能な魂の利用

第一部

あの人は消えてなんかいない
あなたの世界からいなくなっただけ
――『少女革命ウテナ』

「おじさん」から少女たちが見えなくなった当初は、確かに、少しは騒ぎになった。それは否定しない。

なにより、「おじさん」自身が騒いだ。

「おじさん」は、自分たちに起こっていることは、当然ほかの人にも起こっているに決まっていると信じて疑わなかったため、盛大に騒いだ。

ほかの人たちには何の異変もなく、いつも通りの日常だったので、騒ぎ出した「おじさん」の様子は、とても奇異に見えた。

意図は不明だが、「おじさん」流の冗談やパフォーマンスなのだろうと、ほとんどの人は真に受けなかった。元々、「おじさん」の言うことやることは、「おじさん」が思うよりずっと不可解だった。

自分たちだけが見えないのだと状況を悟り、焦った「おじさん」はさらに騒いだ。

騒ぐこと自体は特に効果を及ぼさなかったが、そのうち、少女たちが見えないことによる「おじさん」の奇妙な言動を目にするにつけ、これはどうやら本気らしいと、人々は思うに至った。

「おじさん」には、少女の姿が見えなくなったらしい。

それは確かに不思議なことで、どうにかしなくてはならない状況ではあった。

自分が「おじさん」であることを悟られたくないがために、少女が見えるふりを続けようとする「おじさん」も現れたが、ずれた言動は隠しようがなかった。

「おじさん」は、明らかに困っていた。

少女の姿が見えなくて困る、と新聞に投書したり、雑誌に記事を書いたり、テレビで話したりする「おじさん」もいた。「おじさん」は世間の同情を買おうとすることもあった。

しかし、「おじさん」に突如として降りかかった災難に一定の理解を示しつつも、「おじさん」が訴える窮状に心から耳を貸し、身を入れて状況を改善しようとする人は、なかなか現れなかった。

理由は、「おじさん」に深刻さが感じられなかったから、というのが大きかった。

「おじさん」からは、何か大きな楽しみを奪われたというような、不服さが伝わってきた。

灰色の日常に花を添えていたある要素が消えてしまったことで、「おじさん」は不満を募らせていた。目に見えて仕事に精が出なくなり、ストレスを溜《た》める「おじさん」が明らかに増えた。

「おじさん」は不機嫌になり、そのうち下手《したて》にでることも忘れ、なんとかしろと高圧的にアピールしようとしたが、その頃には、もう誰も知ったことではなくなっていた。

事態はそのまま放置された。

一つの不可解な事象として、研究、分析する人たちは確かにいたが、その多くも「おじさん」であったことから、芳《かんば》しい成果をあげることができなかった。「おじさん」は、なぜ少女は消えたのか、少女に何が起こったのか、といった問題ばかりを論じたがり、自分たちの心体に何が起こっていて、自分たちの何が原因なのか、といった点には決して踏み込もうとはしなかった。

何であろうと、「おじさん」は自分自身に原因があるとは信じたくなかったのだ。

「おじさん」を検診した眼科医は、特に異常なし、と診断した。

「おじさん」を検診した精神科医は、特に異常なし、と診断した。

特に異常なし？

本当に？

最終的に、傍観していた人たちは、このままのほうがむしろいいだろうという結論に達した。

以来、「おじさん」は少女が見えないままだ。

まずはあなたに覚えておいて欲しい。「おじさん」の世界から、少女たちが消えた年のことを。

一方の少女たちは、はじめはだいぶ閉口した。

あり得ないことが頻発した。

少女の姿が見えない「おじさん」は、登下校中の彼女たちの楽しい列にぶつかってきてはよろめきながらさらにぶつかり、電車の中で少女の座っている席を空席だと勘違いして、どっしりと上に座ろうとしたりした。

冗談じゃない。

ふざけんな。

少女たちは腹立たしさを覚えたが、すぐに順応することを覚えた。なにしろ、少女たちからは「おじさん」は見えるのだ。これは大きなアドバンテージだった。「おじさん」の姿を見かけたら、彼らの動きを予測して、避ければいいだけのこと。楽勝だった。

少女たちにとって、「おじさん」は、ただの障害物と化した。

彼女たちは、「おじさん」を柱か何かのように、避けながら移動した。唯一の違いは、この柱が動くことだった。

そのうち、彼女たちは習慣となった煩《わずら》わしさの中に楽しみを見出した。

授業中に教師の目を盗んで交換し合うメモやお菓子の類《たぐい》。そもそも少女たちは、大人の目を盗んで秘密を共有することが得意だった。

少女たちは、「おじさん」には知るよしもなかったが、道を歩く「おじさん」の左右にざあっと避けてモーゼごっこをしたり、「おじさん」の後ろに澄《す》ました顔で並んでみては、しばらく無言で行進したりした。

少女たちは調子に乗った。

少女にもいろんな少女がいる。強い少女に引っ込み思案な少女。反抗する少女に従順な少女。どちらでもない少女。しかし、「おじさん」に自分たちの姿が見えないとなると、彼女たちは同じように、手を取り合って「おじさん」を茶化し、笑い合うことができた。それはまるで啓示のような喜びを、彼女たちに与えた。

自分たちの姿が「おじさん」の目に映らない、という現実は、少女たちの生活に大きな変化を及ぼした。

劇的な、といってもいいものだったが、ただ、その変化、というか、違いに、彼女たちは少しずつ気づいていった。そして、それを何と呼ぶのか、各々が自分の中の感覚として、突き止めた。

それは自由だった。

少女たちがはじめに実感したのは、彼女たちを注視する視線が明らかに減ったことだった。

頬《ほお》に、まつ毛に、後れ毛に、胸元に、制服のスカートの裾《すそ》に、太ももに、足首に、何もはりつかない、まとわりついてこない。

ねっとりとした、あの嫌な感覚が世界から消えていた。

少女たちは、見られる、ということから解放された。

セーラー服も体操着も、「おじさん」に見られることがないなら、別の意味を持つこともなかった。それはただのセーラー服であり、体操着だった。ただの体を覆う布地だった、学校生活に必要な。

少女たちは、「おじさん」の視線や言動に常にさりげなく気を張っていた日々を忘れ、強張《こわば》った心と体はゆっくりとほぐれていった。

大人たちは、「おじさん」から身を守れ、と少女たちに口すっぱく警告する必要がなくなり、娘を外出させることへの潜在的な不安と恐怖で張り詰めていた神経も徐々に弛緩《しかん》した。

誰も表立って口に出すことはなかったが、これは祝福すべき変化だった。

しかし、問題は起こるべくして、起こった。

祝福としての復讐を、無理もないが、少女たちが嬉々として実行しはじめ、それがどんどんエスカレートした。

復讐とはなんて簡単なことだったのだろう。

毎日は、「おじさん」に復讐ができる新しい日の連続だった。少女たちはうっとりし、浮き足立ち、次々と新しい復讐の方法を編み出さんと、頭をフル回転させた。

小さな復讐。

大きな復讐。

詳細は省くが、少女たちの復讐が結果として不慮の事故に結びつき、最初の「おじさん」の死者が出てはじめて、対策が取られた。

『今後一切、少女と「おじさん」の生活圏は重ならないものとする』

土地の整理が行われ、ある土地が少女たちに割り当てられた。

少女たちは笑顔で送り出された。少女たちも笑顔だった。

そんなことができるのなら、もっとはやく、何世紀も前からそうしてくれたらよかったのに。

その場にいる誰もが、内心そう思っていた。

脅かす側と脅かされる側が生活圏をシェアしているのは、今になって思えば、理不尽なことだった。そもそも「おじさん」を隔離するべきなのではという声もあったが、これは致し方なかった。制度をつくった側もまた、「おじさん」だったからだ。

終着地は、よく整備されているが緑深くもある、優しい、快適な土地だった。

少女たちは列車の窓から、歓声を上げ、指笛を鳴らした。ファンファーレのかわりに。

以来、「おじさん」が少女の目に触れることはない。

まずはあなたに覚えておいて欲しい。少女たちの世界から、「おじさん」が消えた年のことを。

*

羽田行きの飛行機の搭乗を待っているときから、変な感覚があった。理由が何かははっきりしなかったけれど、落ち着かないものを感じた。でも、気のせいかもしれなかった。なにしろ空港なんて、そもそも落ち着かない場所なのだから。

はやめに搭乗ゲートに着いた敬子《けいこ》は、整然と並んだベンチではなく、隅のほうの壁にもたれて座り、絨毯《じゅうたん》に足を投げ出していた。これから十時間以上も窮屈なエコノミーの座席に押し込まれるのだから、できるだけ体を伸ばしておきたかった。

イヤフォンで音楽を聴きながら、旅行中の日記を書き込んだり、文庫本を読んだりして過ごしているうちに、ゲートの前に少しずつ人が集まってきた。

ふとした瞬間イヤフォンを外すと、その「変な感じ」がいきなり敬子の中に入ってきた。すぐにまたイヤフォンを耳につけ直したので、心に残るまでもなく敬子は忘れた。横に転がしていた日本では売っていない銘柄のボトルのレモネードを一口飲む。空港内のテイクアウトの店で、ラベルがかわいいと思って買った。小銭も使い切りたかった。

　敬子は空港特有のなんともいえない柄の、褪《あ》せた絨毯の上で脚を組み、たまっていた日記を急いで書き上げようとした。

　旅行の間ぐらいは日記をつけたいと意気揚々と日本で買ってきた、ゴムバンド付きの、いつも使っているノートよりも少し高価なハードカバーのノートが敬子の膝《ひざ》の上にある。滞在中、日記を書くのは正直負担だった。そもそも日記を書く習慣がないものだから、気を抜くと、あっという間に二、三日分たまってしまうのだ。たまった日記をまとめて書いていると半日ぐらい余裕で潰れてしまうので、せっかく外国にいるのに時間がもったいないなと、この日記を書くという行為を何度も疑問に思った。でも一ヶ月間カナダにいることなんてなかなかないんだしと、敬子は自分を鼓《こ》舞《ぶ》して日記を続けた。カフェや公園で、普通に生活している人たちの中に交じって日記を書いていると、ここでの生活の一部になれたみたいで、そこは気に入っていた。

　さっきチェックインカウンターで空港職員と交わしたやりとりを乱れた字で綴《つづ》っていると、ざわざわした気配がしたので敬子は顔を上げる。いつの間にか、搭乗がはじまっていて、長い列ができている。

　敬子はイヤフォンを慌てて外すと立ち上がり、人が密集していないあたりのベンチを選んで腰かける。自分の座席グループはまだ呼ばれないはずだ。そういえばスマートフォンの充電を忘れていたことをベンチについているコンセントを見て思い出すが、今は機内でも充電できる。

家族旅行ではじめて飛行機に乗った中学生の頃を思えば、信じられない変化だよな、など考えていたら、またさっきの違和感に襲われ、敬子はぼんやりと周りを見回した。

あたりにはいろんな国から来た、いろんな言葉を話す人たちがひしめいていて、英語にもいろんな英語があって、空港という場所だからというだけでなく、一ヶ月間滞在していたこの国だとそれはとても自然なことだった。何もおかしなことはない。

ちょうどそのとき、自分の座席グループが呼ばれたので、敬子は長く伸びた列の一部になるために、もう一度立ち上がった。フライトという耐久戦のはじまり。

羽田空港に到着し、長い通路を歩き階段を降り、バゲージクレームに向かう間に、敬子は「変な感じ」がなんだったのか、早々に気がつくことになった。

女の子たちだ。

敬子の横を笑いながら通りすぎていく女の子たち、バゲージクレームでそれぞれのスーツケースが出てくるのを待ちながら、敬子と同じくフライト疲れの顔はしているけれど、楽しそうに話している女の子たち。数人のグループで海外旅行を楽しんで、日本に帰ってきた、日本の女の子たち。

敬子は、信じられないような気持ちで、彼女たちのことを見た。衝撃、としか形容できないショックを敬子は受けていた。

日本の女の子たちは、とても頼りなく見えた。

それまではそんな風に一度も思ったことがなかったのに、日本とは違う国で一ヶ月間過ごし、外から帰ってきた敬子の目に、それは明らかに異質なものとして映った。

まず、声が小さかった。

日本の女の子たちは、かわいらしい、誰も傷つけることができないような声をしていた。

高校時代バレーボール部だった敬子は、発声がなってない、と感じた。まるで全世界に遠慮をするように、唇《くちびる》の真ん中だけ動かして出したみたい。芯《しん》のない声。そうやって細心の注意を払って出したような声をしているのに、当の彼女たちは自分たちの声がそうなっていることに気づいてなさそうだった。

そして、どうしてだかみんなうつむきがちだった。横に並んで床の同じ一点を見つめるようにして、小さな声で笑い合っている。

彼女たちの楽しそうにしている姿がこうであることが、なおさら敬子にはショックだった。十時間以上のフライトの後で疲れ切っているのだから、もっと全身で楽しそうに、なんていうのが理不尽なのはわかっている。そういうことではなく、この違和は、もっと何か、存在の根幹になる部分からきていた。

敬子は周囲を観察した。

少し離れたところに、家族と一緒の、おそらく姉妹である白人の女の子が一人いる。その左には、アジア系の女の子たちのグループ。彼女たちの立ち姿や会話をしている様子を見て、やはり何かが違う、と敬子は確信した。

最弱。

突然、その言葉が降ってきて、敬子は驚いた。

そう、敬子には、日本の女の子たちが最弱に見えた。とても弱々しい生き物に。その事実に、敬子は脅威を覚えた。

一度そう感じてしまうと、敬子が空港から家まで帰り着く間、女の子の姿ばかりが目に入ってきた。特別に意識しなくても、違和として、敬子の目が否応なくキャッチしてしまうのだ。

久方ぶりの東京の電車の座席に座り、大きな傷だらけのスーツケースがぐらぐら前後に動くのを苦心して押さえながらも、敬子は女の子たちから目が離せなかった。

華奢《きゃしゃ》な体。ふわふわと薄っぺらい素材の、短いスカート。ボブヘアーやロングヘアーをした女の子の多くが、前髪や毛先を軽く内巻きにしていた。できるだけ自分の容量を小さくするかのように、自分をきゅっとまとめるように、肩をぎゅっと内側に強張らせているように見える姿勢。

その姿は、電車の扉《とびら》の上でちかちかと光る小さな液晶画面の中で踊っているアイドルグループの女の子たちの姿と、とても似通って見えた。とにかく人数が多いのが売りで、しかも同じようなグループがいくつもあるので、敬子には誰が誰だかわからない。

この子たちの真似をしているの？

敬子は斜《なな》め前に立っている女の子に、心の中で問いかけた。

もちろん答えは返ってこない。

扉の上では、画面の中で踊る女の子たちは姿を消し、ライオンキングの宣伝に変わった。隅の座席の窓ガラスには、懐かしい「女性専用車両」の文字。時間外の今は、その文字を意識している人は一人もいないだろう。

斜め前の女の子は無表情でスマートフォンの画面を見つめている。この子もふわふわした花柄の短いスカートにブラウスを身につけ、ボブヘアーの前髪を内巻きにしている。真っ白な顔は、頬と唇だけがプラスティックのおもちゃのようなピンク色。まるでお人形のようだ。

一ヶ月間、敬子が目にすることのなかった格好をした女の子。日本の女の子。

日本で生まれ育った敬子は、そのときはじめて、「日本の女の子」という生き物に出会った気がした。面白いのは、ダボダボの厚手の服を着てキャップをかぶったボーイッシュな女の子も、核の部分は同じに見えることだった。つまり、突き詰めると、服装が理由ではない。

これでは負けてしまう。

敬子の頭の中になぜだかそう浮かんだ。

何に？

誰に？

なんでこんなことを思ったんだろうと不思議に思った瞬間、電車が駅に滑《すべ》り込み、扉が開いた。

慌ただしく人が移動する。

敬子の斜め前の女の子の後ろを通り抜けようとしたくたびれたスーツ姿の男が、そこまで混んでいるわけでもないのに、なぜか必要以上に彼女の背中を片方の腕でなぶるようにして、降りていった。一瞬のことで、敬子には男の横顔しか見えなかった。女の子は前によろめいたが、もう慣れっこだとでもいうように、その表情は無のままだった。敬子にも馴染みのある表情。

電車が再び動き出した。

敬子の頭に、今度ははっきりと、こう浮かんだ。

これでは日本の女の子が負けてしまう。

*

いくらでも寝ていられた。

驚くほどだった。うっすらと目を開け薄暗い部屋を確認するでもなく確認すると、また目を閉じた。目を閉じると、意識はすぐまた遠のいた。驚くほどだと、まるで自分自身の主治医であるかのようにその短い間に自分が考えたことを、敬子は心のカルテに記録した。

それともそれは夢だったか。

夢だったかと目覚めてから思ったのは、無数の短い夢の一つに医者が出てきたからだった。白衣を着た医者は、ベッドで眠っている患者を見下ろしていた。その背中を覚えている。患者を静かに見つめている背中を。それとも、自分が考えたことが、そのまま夢になったのだろうか。

敬子は旅行中の洗濯物と一緒に五日間着たままだったスエットパンツと長袖《ながそで》のTシャツを洗濯機に放り込み、洗面所の下の物入れから液体洗剤を出す。キャップで適量を量《はか》ると、洗濯機の隅にある注ぎ口に流し込んだ。ほとんど中身の残っていないプラスティックの容器を床に下ろす。蹴《け》ったら、遠くに飛んでいってしまいそうな軽さ。

スタートボタンを押すと、洗濯機はゴンゴンと音を立てはじめた。

私の洗濯機。

ジタバタ暴れるように振動している洗濯機を見下ろしながら、敬子は思った。

私の洗濯機。

一人暮らしをはじめてから十年以上経つ。

その十年以上前のこと、敬子はまず、半信半疑で部屋を一つ手に入れた。半信半疑ではあったが、容《い》れ物として、その小さな部屋はしっかりと機能したので、敬子は次の段階に移った。容れ物に容れる物を買うことにした。

敬子は冷蔵庫を買った。テレビを買った。

テーブルを買い、イスを買った。

大きなものを、小さなものを買った。

一回の給料で生活に必要なものをすべて揃《そろ》えることは不可能だった。敬子は時間をかけて、買った。

買うたびに、そして使うたびに、敬子は「私の冷蔵庫」だと、「私の茶漉《ちゃこ》し」だと、「私のトースター」だと思い、考え、その事実に深く驚いた。それは単純な事実だったが、今一度考えてみると、とてつもないことに思えるのだった。

敬子は洗濯機を買った。

目の前でガタガタと振動しながら働いている洗濯機を見ながら、敬子は「私の洗濯機」だと思った。

ちょうど今と同じように。

洗濯機はこれまでに二度買い換えた。敬子は洗濯機置き場のある洗面所から出ると、洗濯機でも洗えるフロアマットが敷かれたリビングに入る。テレビはもう敬子の部屋にはなかった。

敬子は体を投げ出すようにして、六年前に買ったソファーに寝そべった。ひさしぶりに一仕事したことに満足した体がもう休みたいと言っていた。

この五日間、敬子はひたすら寝続けていた。

時差ボケ、というには、あまりに凶暴なそれは、敬子をベッドに縛り付け続けた。長時間のフライトは誰にとっても疲れるものであろうが、空港から最寄り駅になんとかたどり着いた時点で、敬子はもう気力だけで動いているようなものだった。年齢的なものもあるかもしれなかった。

電池が切れる。

敬子は思い、自分の部屋で心置きなく電池が切れるに任せるために、コンビニで菓子パンやゼリーなどの食料を手に入れることを忘れなかった。

敬子の予定では、一ヶ月のリフレッシュを経て、次の日にはぱっちりと目が覚め、再び起動をはじめるはずだった体は、予想とは大幅に反して眠りを欲した。排泄《はいせつ》と食事のために起き上がるたびに、これで新たなスタートを切れると敬子は思ったが、体はまたふらふらとベッドに引き寄せられた。食料が早々に底をついた後は、枕元に置いた、トロントの空港で買った炎のように甘いメープルタフィーが敬子の生命を維持した。

無職でよかった。

どこかのタイミングで、敬子は思った。それも心のカルテに残っていた。

ソファーでうとうとしていたのか、ピーッという慌ただしい音で敬子は我に返った。

玄関のチャイムの音、追い焚きが完了した音、洗濯機の工程が終わった音。日常の作業に戻れと告げる音はみんな機械の音だ。鳴った瞬間何かが妨げられた気がして皮膚がかすかに粟立《あわだ》つのだが、すぐに忘れてしまえる音。

立ち上がろうと視線を床に落とすと、中身をすべて出し、換気のために開いたまま置きっ放しにしているスーツケースが目に入った。旅の間はあんなにも頼もしかったのに、空っぽになると、途端にぺらぺらと頼りない。

一ヶ月間繰り返し袖を通し、すっかり飽《あ》き飽《あ》きしていた少しばかりの服を敬子はハンガーにかけ、ひとまとめにしてベランダに出る。ろくに皺《しわ》も伸ばしていない。

ひさしぶりに見た外の世界、ベランダから見える世界が、ほんの一瞬しっくりこなかった。けれど、何度か契約更新をして暮らしてきた街の日常は体に染み込んでいる。所詮《しょせん》一ヶ月の外国の記憶など太刀打ちできるはずもない。敬子はすぐに順応した。何も変わらない。ここから見える範囲内で、歯科医が三軒あるのも変わらない。明らかに多い。

埃《ほこり》がうっすらとたまった物干しのポールに洗濯物をかける。洗濯物のかかったハンガーたちは風を受け、一様に斜めに傾《かし》ぐ。

これがすべて乾いたら、また一からはじめられる。

きっともう一度がんばれる。私は準備万端だ。

敬子はまるで一つの儀式が終わったように清々しく感じながら、中に入り、窓の鍵《かぎ》を閉める。鍵を閉め忘れたことはない。窓を開け、網戸にして換気をしている間は別だが、窓を閉めるときは必ず鍵を閉めた。それはもう、社会人としての敬子のＤＮＡに組み込まれていた。

以前働いていた会社で、後輩の男性社員から、一人暮らしの部屋の鍵をかけずに出社していると聞いたことがあった。そうなんだと軽い笑い話にして済ませたが、心の中では衝撃を受けていた。敬子の目の前にある、日常を恐ろしいと感じていない健やかな心に、そんな自分が情けなかったが、敬子は少し傷ついた。

そして続けて、二十代半ばのある時期付き合っていた恋人のことを思い出した。彼は近所のコンビニに何か買いに出ると、敬子が部屋の中にいるのに、鍵を開けっ放しにしていった。それに気づいた敬子は、毎回鍵を閉めた。

帰ってきて、ドアが開いているだろうと疑いを持たず、ノブをがんと引っ張った彼は、敬子による解錠後、どうして少しの間なのに鍵を閉めるのか、と不思議そうにしながら中に入ってきたが、不思議なのは敬子のほうだった。

世の中では、女性は男性がいると安全とされていた。女性は男性に守ってもらうものだと。独身の、一人暮らしの女性はあらゆる意味で危険に身を晒《さら》していると。

確かに危険はあるだろう。けれど、敬子が普段から築いている防御の壁が、男性といるからこそ崩れ、弱まると感じられることがあった。敬子が感じる危険を感じない相手に、敬子を守ることがはたして可能なのだろうか。

わたし、一人でいるほうが強いんじゃないか。

敬子はコンビニの袋をごそごそと開けている恋人の呑気《のんき》な顔を見ながら思った。寒いなか、アイスとおでんを買ってきてくれたことがとてもありがたかったのに、そう思った。

こんな恋人との日常の出来事の最中に、強さについて思いを馳《は》せている自分だけが宙に浮かんでいるような気がした。

どうして言えなかったのだろうと、同じように呑気な後輩の顔を見ながら敬子は考えた。実際に犯罪はあるから、少しの間でも不安だから、こわいから、鍵を閉めて欲しいと、どうして言えなかったのか。

当時の敬子は同じくらいこわかった。自意識過剰じゃないかと、考えすぎじゃないかと、相手に思われるのが、面倒くさい女だと思われるのが、こわかった。敬子は若かった。

リビングに入ると、床の上のスーツケースが再び目に入った。もういいだろうと敬子は中の匂いを確かめもせず、ぺかっとしたスーツケースの蓋《ふた》をえいと閉じ、物入れに押し込んだ。

敬子が寝ぼけながら食べ尽くしたメープルタフィーのかわりに、カナダの街の写真が転写された薄い長方形のマグネットを手渡された香川《かがわ》さんは、冷蔵庫につけます、とにっこりした。全体的に前時代的なテイストが漂《ただよ》っているマグネットだ。

こんなのでごめんね、と敬子が言うと、

「いや、ほんとにうれしいです。最近美術館めぐりにはまってるんですけど、行くと必ずあるじゃないですか、有名な名画をマグネットにしたのがミュージアムショップに。このかたちとおんなじやつ。何度も見かけているうちにかわいく思えてきて、今集めてるんですよ。記念にもなるし」

と、香川さんは、持っているマグネットの名画コレクションを羅列《られつ》しはじめた。

近所以外の街に出かけるのがひさしぶりで、敬子はいまだ落ち着かない気持ちのまま、観葉植物がたくさん置かれた天井の高い空間を眺めた。

このカフェに入る前、敬子は香川さんとの待ち合わせの時間よりもだいぶはやく出てきてしまったので、同じ街にある洗練された雰囲気が売りのセレクトショップで時間を調節しようとした。

広い店内をうろうろしているだけで、店員さんたちが、

「ありがとうございます」

と敬子に声をかけてきた。

まだ何も買っていないのに、お店の中にいるだけなのに、移動するたびに次々と繰り出される、

「ありがとうございます」

に頭がぼんやりしてしまい、服や雑貨を見て回る気分ではなくなった敬子は入り口にあ

るベンチに座って、しばらく時間を潰した。

こんなことばかり考えている自分が嫌になったが、外国から帰ってきたばかりの敬子は、その国の人たちのコミュニケーションの取り方や生き方といったものと、自分の住んでいる国のそれがまるで違うということを痛感していた。そんな現場に遭遇するたびに、現実が歪《ゆが》むような感覚を覚え、クラクラした。

どうしてこんなに違うのだろう。

どうしてこんなに不自然なんだろう。

敬子は心の底からその理由を知りたくなった。

良くも悪くも素のままのお店の人と、日常会話の延長に過ぎないやりとりを交わすことに一度慣れた身には、店員と客とを上下に分断する過剰な接客は、どちらにとっても不幸せに感じられた。何か大切なものが失われているように思えた。

そう、この不幸せは帰ってきた日本の空港からすでにはじまっていた。

空港のエントランスを出て、長距離バス乗り場で敬子のチケットを受け取ったり、列に並ぶよう促《うなが》したりしている若い係員たちの表情。係員と客が互いに決して目を合わせず、いかなる交流もここには生まれない、そのほうが安心なのだと暗黙の了解で両者がわかっている関係。コミュニケーションの、日常の違いをまざまざと思い知らされて、敬子の胸はあのとき一瞬えぐられた。開いた心が再び閉じた。そして、これがここでの普通だったのだと、思い出さないわけにはいかなかった。

それに、若い世代がたくさん集まる街にやって来たことで、再び、女の子たちへの違和感がぶり返した。違和感は街中に溢《あふ》れ、笑い、おしゃべりに花を咲かせていた。

敬子は、カフェの店内でも、気づくと女の子たちについつい目を向けてしまっていた。内側にカールした、シャンプーのコマーシャルみたいに天使の輪ができている前髪。カップを包むように持つ華奢な手。その爪に塗られた柔らかい色。「えー」と笑うと現れる小さな白い歯の列。

「この前、宇波《うなみ》ちゃんが、あ、敬子さんの後に入ってきた子なんですけど、その子が貯金が全然ないって、何の話だったか忘れたんですけどそう言ったんですよ。そしたら吉田《よしだ》のおっさんが、それまでその話に参加していたわけでもないのに、何そんなに無駄遣いしてんの？　俺、貯金一千万くらいあるよ、とか急に横から言ってきて。給料や待遇が一緒だとでも思ってるんですかね。もし本気でそう信じてたらやばくないですか。無駄遣いしてるんじゃないですよね。貯金できるほどもらってないだけなのに」

香川さんが、眉間《みけん》に皺を寄せながら、やってられないという調子で言った。

「通常運転って感じだね」

言うと、敬子は惰性でストローから飲み物を吸い上げたが、今から自分が何を飲もうとしているのか一瞬わからなくなった。うっすらと甘い味の液体が口の中に入ってきた。そうだ、アイスティーだ。

「ただただ通常運転です。おっさんたちがうじゃうじゃいて、意味不明にいばってて。なんなんでしょうね、毎日会社に行くたびに思うんです、わあ、なんだ、このおっさん地獄は、って。一面おっさんの海。だから」

一息置くと、香川さんは敬子の目を覗《のぞ》き込むようにして続けた。

「だから、あんなことがあって大変だったのはもちろんわかってますけど、でも、敬子さんがあの地獄を抜け出すことができてよかったと本当に思うんです」

日が暮れるのがはやくなったと、早足で駅に向かいながら香川さんが言う。風も少し冷たくなったと。

まだ現実に戻りきっていない気分の敬子は、速度は香川さんに合わせながらも、心の中はどこかのんびりしていた。

前からスーツ姿の男性が歩いてきたので、敬子は香川さんの後ろに入るようにして、道を譲った。せかせかと揺れる、香川さんの細い肩が目の前にあった。

男性が通りすぎたので、敬子はまた香川さんの横に並んだ。

「ねえ、香川さん、まだあのピンク色のスタンガン持ってるの？」

「いつも持ってますよ」

香川さんはまっすぐ前を向いたまま、なんでもないことのように言った。

駅に近づくと、人混みが増え、行き交う人たちの会話や街頭演説などで、一気に騒がしくなった。

中でも、場を圧するような大きな音を出していたのは、ビルの三階の高さに取り付けられた街頭ビジョンだった。その音の大きさに、敬子は思わず顔を上に向けた。

映っていたのは、一目でアイドルグループだとわかる女の子たちの姿だった。週間ランキングが発表されているらしく、彼女たちが激しく歌い踊っているミュージックビデオの左上には小さく、「一位」という文字の横に、グループ名と曲名が浮かんでいた。知らない名前だった。スピードを緩めない香川さんの後を追おうと敬子が視線を戻そうとした瞬間、一人の女の子の顔がアップになった。

彼女は冷たい、射《い》るような眼差しをして、敬子を見ていた。相手の心を竦《すく》ませるような、まっすぐな目。媚《こ》びていない、なんてレベルではなかった。まるで世界に喧嘩《けんか》を売っているようだった。短い黒髪の毛先が、彼女の胸に宿った棘《とげ》を表すかのように、小さな白い顔の周りでピンピンと撥《は》ねている。

敬子は歩くのをやめ、彼女を呆然と見上げていた。

これがアイドル？

「どうしたんですか？」

敬子がついてきていないことに気づいて戻ってきた香川さんが、怪《け》訝《げん》そうな顔をして、横に立っている。

敬子は香川さんの細い腕を半ば無意識で強くつかむと、こう口にしていた。その声は夢を見ている人から発せられたようにひそやかだったが、有無を言わせない強さがあった。

「香川さん、あれだれ？」

＊

敬子はネットの求人サイトで仕事を探しはじめてはいたが、それよりも熱が入っていたのは、動画サイトでミュージックビデオや関連映像をチェックすることだった。

街頭ビジョンで××の視線に射すくめられて以来、敬子はネットを開くとそのまま引き寄せられるように、毎日××が歌い踊る姿を観賞し、××について検索した。

××は、二年前にデビューしたばかりの新しいアイドルグループの中心にいる、まだ十代の女の子だった。彼女の所属するグループはヒットを矢継ぎ早に飛ばし、今では絶大な人気があった。

テレビなしの生活を送っていた敬子は、すっかり感覚が鈍《にぶ》っていて、まったく知らなかった存在がたった二年で大人気になっているという状況に少し面食らったが、ネットやＳＮＳに溢れる××やほかのメンバーへの賛辞や批判の言葉を浴びるように目にしながら、こういうものだったかもしれないと納得していった。そして、このアイドルグループが人気を誇っていることに、新鮮に驚いた。彼女たちは、明らかにこれまでのアイドルとは違っていた。

敬子が惹《ひ》きつけられたのは、そのアイドルグループの女の子たちが、パフォーマンスの間、笑顔を見せないことだった。にらみつけるような目をした××だけでなく、彼女たちはみな笑わずに、歌い、踊った。

アイドルの女の子たちが笑わない。

ただそれだけで、敬子は自分でも驚くほどの喜びを感じた。

笑顔、笑顔、笑顔。

それはテレビの中でも外でも、日本の女の子に求められているものだった。

日本の男たちが勝手に求め、当たり前に与えられるものと信じきっているもの。控えめな笑顔、満開のひまわりのような笑顔と、高みから形容し、仏頂面の女の子にはそれでは駄目だとにやにやと忠告し、なんとかして彼女たちの口を横に開かそうとするもの。日本の女の子が大人になっても逃れられないもの。

その笑顔から解放された××をはじめとする女の子たちの力は、彼女たちの持つ歌やダンスの才能を発揮することだけに使われていた。

敬子はこの前、香川さんに会った日の夜を思い出した。

帰ってパソコンを開き、コンビニで買ってきた飲むヨーグルトにストローをぶっ刺しながら、香川さんに教えてもらった名前を動画サイトに打ち込み、一番上に出てきたミュージックビデオをなんとなく再生した瞬間。

どこか不穏な前奏とともに、道に倒れていた××は起き上がり、空に向かって握り拳《こぶし》を突き出す。後ろからどどどっと走り寄り××に合流したほかの女の子たちも揃ってファイティングポーズのようなポーズをそれぞれ決め、みんなと同じでいいのか、と反抗的なメッセージの歌を、まるで軍隊のような衣装を着て、まるで軍隊のように揃った動きで、挑戦的に歌い踊った。

え。

目の前の映像に驚いた敬子は、目が離せなかった。

終わってから、すぐにもう一度見た。

少し気持ちが落ち着いてきてから、次の歌のビデオに移り、その歌も何度も見て、それからまた次の歌に移った。

どの歌も、社会の生きにくさ、そして同調圧力に抗《あらが》うことについて謳《うた》っていた。衣装はほかの系列グループと同じく制服がベースになっていたが、まるで軍服を彷彿《ほうふつ》させるようにその生地は厚く、彼女たちがくるくる回っても、下から覗くのは暗い色のショートパンツで、それも安心して見ていることができた。

そして、独特な振り付けの、強い、ダンス。まるで日本のホラー映画に出てくる少女の幽霊を思わせる、黒魔術のようなダンスをする歌もあった。

どの歌の彼女たちも、かっこよかった。

アイドルじゃないような歌を歌い、アイドルじゃないようなダンスを踊り、アイドルじゃないような衣装を着た、笑わないアイドルは、笑わない××は、彼女たちは、かっこよかった。

常に笑顔を張り付かせ、制服を模した衣装のひらひらとした短いスカートから「見えてもいいパンツ」を見せて歌い踊っている大量のアイドルの女の子を見ることが、ある頃からしんどくなっていた敬子は、そうじゃないアイドルの女の子たちの姿を見るだけで、救われた気持ちだった。

××たちを見ていると、敬子は自分がここでもまた傷ついていたことに気づかされた。

男性にとってかわいくあることを、男性にとって従順であることを強制されている女の子たちの姿がテレビで流され続ける毎日に。現実の世界でも同じなのに、それがまたテレビの中でもそっくりそのまま再現されることに。

見ている敬子が傷つくのだから、当人たちはどれだけ傷ついているだろう。グループのルールを破ったと処罰されたり（「異性と密会」したことを丸坊主になって謝罪した女の子さえいた）、「体調不良」で活動を休止したり、アイドル活動自体を「卒業」したりする女の子たちのニュースが目に入るたびに、胸が痛んだ。ストーカーや握手会での「トラブル」など、事件として報道されることもあったが、その後、抜本的な対策が取られているようには思えなかった。

アイドルだけでなく、テレビで毎分、毎秒再現される性暴力や性差別の数々に、小さな頃からずっとそうだったそれらに、あるとき、もう耐えられないと、敬子はテレビを見ることをやめた。広告やネットのニュースなど日常生活を送っていて目に触れるすべてをシャットアウトすることは土台無理な話だったが、テレビという、見るべきものだと思っていた選択肢を捨ててみると、だいぶ楽になるものだった。

そして、今、敬子は××の存在を知った。

けれど、××の所属するグループをどれだけ気に入っても、好きになっても、このグループもまた、ある頃から日本で主流となった、量産型のアイドル体系の一部である事実から目を背《そむ》けることはできなかった。

ひらひらした衣装の笑顔のアイドルたちも、分厚い生地の衣装を身につけた笑わない××たちも、同じ一人の男にプロデュースされていた。長きにわたり日本のエンターテインメントの世界に君臨し、権力を持つ男に。

そう考えてみると、敬子を傷つけたのも、敬子を救済したのも、同じ男だと言えた。認めたくはなかったが、そうだった。

後ろにあの男がいる。女の子たちを操るたくさんの男たちがいる。その構造が常に維持されてきた。

一度意識してしまうと、群れるな、他者と違うことを恐れるな、と完璧に同じ動きで歌い踊る彼女たちが、なにか悪い冗談のように、大きな矛盾であるように思えた。

なにか裏があるのかもしれない。

敬子は考えた。

たとえば、彼女たちの動きや衣装をかっこいいものとして創り上げることで、若者を軍隊的世界観に慣れさせようとしているとか。今の日本の社会情勢を考えると、それはとてもタチが悪いことだった。

なのに、

敬子は、夢中だった。

××に、××たちに、夢中だった。

職探しそっちのけで映像の再生を繰り返し、主要な楽曲を把握してからは、テレビ出演時の映像や映像の下に書き込まれた膨大な数のコメント、彼女たちのブログ、ファンの掲示板に目を通した。情報が染み込むように敬子の中に入ってきた。そうだった、好きという気持ちがあると、情報は染み込む。好きなことは染み込む。

アイドルやタレントの切り抜きを雑誌から集めていた十代の感覚が抜け落ちてからずいぶんと経つ身には、長らく誰にもときめきを感じていなかった身には、この感覚は、どう考えてみても、恋、に近かった。

これが、推《お》し、か。

アニメや宝塚歌劇団、フィギュアスケートなど、それぞれの推しに邁進している同僚や友人たちが羨ましかった敬子は、自分に推しができたことが、単純にうれしかった。まだ家の中だけで楽しんでいるレベルだったが、リハビリのように、ネットで新曲のCDを一枚注文してみた。何種類もあるジャケットの中から、横顔の××がアップになっているバージョンを選んだ。音楽をCDという形で手に入れるのは、ずいぶんひさしぶりのことだった。

もちろん、××たちを知っていくと、敬子が好きではない部分も出てきた。

あれだけかっこいいパフォーマンスをする彼女たちなのに、パフォーマンス以外では、小さな声でクスクス話す、自信のなさそうな女の子たちになってしまうのだ。××でさえ、そうだった。青年誌に、水着のグラビアが掲載されるメンバーもいた。あの分厚い生地が嘘《うそ》だったかのように、そこでは女の子の体が晒されていた。

そのすべてが、まるで男たちを安心させる策略のようにも思え、敬子は苛立《いらだ》たしかった。強いだけじゃないんですよ、すごいだけじゃないんですよ、ちゃんとか弱い、普通の女の子なんですよ、ね、と安全策が取られているように見えた。

悲しくなるので、敬子はテレビ出演時の映像を見るときは、はじめのトーク部分を飛ばすようにした。パフォーマンスがはじまると、まるで憑《つ》かれたように踊り狂う彼女たちを見て、どうして彼女たちが好きなのか、敬子はすとんと理解できた。この黒魔術みたいな踊りで、もしかしたら、普段彼女たちを操っている男たちを殺せるんじゃないか、このダンスでいつか本当に殺すんじゃないか、と信じられるほどの気迫を感じるからだ。そこには希望があった、確かな。

それに、後ろにいる男たちになにか別の意図があるのだとしても、××たちのこのかっこいいパフォーマンスを見た若い世代は、後ろに誰がいるかなんて考えずに、歌の意味をそのまま受け取る可能性のほうが高いんじゃないだろうか。

敬子はそっちにかけたかった。

…………

…………

…………

……のほうが××より美少女だろ。

××は圧倒的美少女。

おまえ美少女の意味わかってる？

女だけど××が好き。

××の存在感すげー。

××が美少女じゃなかったら誰が美少女なんだよ。

…………

…………

…………

掲示板に書かれた言葉をスクロールしながら、敬子は自分の立場がとても不思議だと思った。

今、好きな人のことを、好きなグループを、言葉に出して好きだと言うことに、敬子は躊躇《ちゅうちょ》を覚える。自分の性別や年齢的なことではない。誰がいつ何にはまるのも自由だ。それぐらい敬子にもわかっている。それは、日本の女たちが時間をかけて構築した前提だった。そうではなくて、好きだと口に出すと、××たちを操っている男たちを肯定するような気がするからだ。彼女たちを同じように消費しているような気がするからだ。好きな人を心置きなく好きだと言うことができないシステムが出来上がっていた。

でも、好き。

この矛盾を解消する方法は、今のところ、敬子にはなかった。

「もうなんでいきなりそんなのにはまってるの。お姉ちゃん、知らないの。日本のアイドル文化は、ロリコン文化だって、性的搾取《さくしゅ》だって、海外じゃ評判悪いよ」

スカイプをしているときに、何かの話の延長で敬子がアイドルグループのファンになったことを言ってみると、案の定、美穂子《みほこ》は呆れた声を出した。

「わかってるけど、はまったものは仕方ないじゃんか」

「中にいると鈍感《どんかん》になるから、外国のニュースとかも読んだほうがいいよ。てか、こっちから帰ってすぐそれかよ。意味なくない」

「そうだけどさ」

「さっきの話に戻るけど、とにかく仕事が見つからなかったら、いつでもこっちに来ればいいんだからね。これ忘れるな。人生のティップ」

ミホー、という声が後ろから聞こえ、おっと、じゃ、そろそろ、と美穂子はスカイプを切った。

敬子もスカイプの画面を消すと、再び動画サイトを開き、××たちの映像をさらに見た。強い眼差しの××を見ていると、彼女たちの踊りを見ていると、なぜだか涙が出そうになった。

しばらくして、お腹がすいたな、と敬子は思った。それでも、彼女たちを見ることを、敬子はやめられなかった。

＊

…………

…………

…………

……のほうが××より美少女だろ。

××は圧倒的美少女。

おまえ美少女の意味わかってる？

女だけど××が好き。

××の存在感すげー。

××が美少女じゃなかったら誰が美少女なんだよ。

…………

…………

…………

目の前を流れていく馴染《なじ》みのない言葉に、口の中が一気にもぞもぞした。

変な言葉。

顔を見合わせると、どの顔も口の端《はし》を歪ませ、鼻孔を膨《ふく》らませている。チヨの顔はもう真っ赤だ。

「美少女」

「美少女」

「美少女」

それぞれが口に出してみる。

口に出したら、まるでその言葉が唇の上を蟻《あり》が這《は》うみたいに、余計にむずむずした。とてもじゃないけど堪《こら》えていられなくて、息を吐き出した。

「美少女だって」

「なにそれ」

「ウケる」

「ウケる」

ボスッと一斉に吐かれた息と重なった笑い声が図書室に響く。笑い上戸《じょうご》のチヨは涙を流している。

「少女」という言葉の前に、「美」がついている。それだけなのに、なんでこんなに面白いの。「美」と「少女」、「少女」と「美」。その二つの単語がくっついて使われたことなど、これまでなかった。

「美少女」

「美少女」

「美少女」

ぽんぽんと口に出しているうちにますます面白くなってしまい、腹を抱え、足をばたばたさせ、笑った。何度言ってみても、どう意味合いを測《はか》ればいい言葉なのか、想像がつかない。

「ちょ、落ち着こ」

班長のミカが、ぜえぜえあえぎながら言う。口の端から床にたれたよだれを、上履《うわば》きの裏でぞんざいに拭《ふ》き、グギュキュッと耳障《みみざわ》りな音をさせる。

ミカの一言にみんな素直に従うと、よじっていた体をまっすぐ伸ばし、深呼吸。

「とりあえずあれだよね、××を形容する言葉として「美少女」が使われていたってことだよね」

一足先に落ち着いたフミコが言いながら、両手の人差し指に渾身《こんしん》の力を込めて、頬のニキビを潰す。中から丸々とした角栓がぴゅっと飛び出す。

「やめろよ、お返しするぞ」

飛んできた角栓が見事に着地したスカートの持ち主であるユキエが、ぱたぱたと裾をはたく。ユキエの頬でも大きなニキビが二、三個、赤く熱を持っている。

ここ数日、ユキエは触れるたびに、まだまだだな、と言っていた。わたしたちも確かめるべくユキエの頬のニキビ群に触ると、同意した。言うまでもなく、ニキビは最高に大きく育ったときに潰すものだ。じゃなきゃ楽しくない。肌を破いて角栓が出てくる瞬間、自分の体がこんな快感を生み出すことができることに、毎回うっとりする。

「そういうことだよね。変なの。「少女」に「美」っておかしくない？」

「うん、普通はつかないよね」

各々ハテナマークが浮かんだ顔を見回す。

「美少女」はつまり、「美しい少女」という意味だろう。「少女」というのは、一般的に、わたしたちぐらいの年頃の女性のことだ。わたしたちよりもうちょっと年下、もうちょっと年上も、「少女」に含まれる。その「少女」に、「美」がついている。「美」とは、美しい花、美しい夕焼け、などが使用例だ。主に、観賞する対象に用いられる。

「美少女」

考えると、意味がわからなくて、また笑けてくる。見ると、みんなも口元がへらへらしている。

「これはやっぱさ、そういう言葉が使われていた社会背景からリサーチするべきなんじゃない？」

チヨが冷静な調子を装って言ったが、口の端がひくひく動いているので、治まっていない笑いを必死で我慢しているのがバレバレだ。チヨは歴史好き。好きな理由は、嘘みたいなことがたくさん起こるから、面白いことにことかかないから。

「そうかもね」

「ナイスチヨ」

「こんなにも××が「美少女」だったかどうか論じられているわけだし重要かもね」

「じゃあふた組に分かれるか」

じゃんけんしようと、五本の拳が突き出される。

最近はまっているじゃんけんでは、グーの手でお互いのグーの手をごんごん殴りまくり、最後までイテッと言わなかった人が勝ちだ。我慢強いフミコが有利になるが、ユキエの容赦のなさも侮《あなど》れない。指の毛がふさふさだと防御壁になっていい感じだと、この前気づいてわたしがひそかに指毛を伸ばしはじめたことは、まだ誰にも気づかれていないようだ。

拳で拳を叩《たた》き合っていると、だんだん息が荒くなってくる。制服の中で脇《わき》が汗ばむ。渾身の力で、打って打つ。

「でもさ、グループ発表は明後日だよ。そこまでやってたら間に合わなくない？」

はっと我に返ったミカが言い、慌ててパーにした手でまだ打ち合っている四つの拳を上から止めた。

「情報の一つではあるけど、それが××を表す言葉として、どれだけ重要だったかもまだわからないわけだし。とりあえずは課題通り××のリサーチに集中して、時間があまったらやろう。中途半端な発表してる場合じゃないよわたしたち。アカネもこのままじゃくやしいんじゃない」

ミカがわたしの顔を見る。

もうすぐ学期末だ。先月の弁論大会でまとめ担当だったわたしがくしゃみを連発してしまい最下位の称号を与えられたわたしたちのグループにとって、今学期名誉挽回できるチャンスは、この発表だけしか残っていなかった。

確かにな。

わたしたちは真面目な顔でうなずき、真っ赤になった拳を収めた。

＊

ミホー、と部屋に入ってきたエマは、美穂子の後頭部に軽くキスをした。左手には二本ビールのボトルが握られている。エマは手が大きい。

美穂子はパソコンの電源を消しながら、手を後ろに伸ばし、エマの肩のあたりに触れる。

「ケイはなんて？」

画面が真っ黒になったのを確認してから、ノートパソコンをぱたんと閉じると、美穂子はエマに向き直り、差し出された冷えたボトルを一本受け取った。

「冷たい」

美穂子は笑いながら言う。

カナダで暮らすようになってから、日本で暮らしていたら言葉にしていなかったような些《さ》細《さい》なことも、なんでも声に出して言うようになった。

第一言語で生活しなくなってから、言語能力の問題で、言えないことや言えない感覚ができた。だから、どんな小さなことであろうと感覚であろうと、美穂子が明確に言葉にできることはすべて言葉にして、エマに伝えたい。美穂子がいろんなことを思い感じる人間であることを、今彼女の横でいろんなことを感じて一緒に生きていることを、エマに伝えたい。そう思うようになった。

「元気そう。でもなんか日本のアイドルにはまってた」

「アイドル？　男の子？　女の子？」

「女の子」

　それ面白い。

　エマは言いながら、リサイクルショップで買った毛羽立ったソファーに腰かける。二人で一目惚れしたものだ。美穂子も立ち上がると、横に座った。

　さっきまで敬子と話していたパソコンが置かれた小さな作業スペースは、エマと共有のものだ。共同で立ち上げて数年になる「ＦＵＲＯＳＨＩＫＩ」ビジネスはまだ軌道に乗らず、美穂子はトロントを拠点にした日本の財団でイベントマネージャーとして働き、美術大学でデザインを学んだエマは風呂敷のデザインを担当する傍ら、パンフレットやショップカードなど、雑多なデザイン仕事を引き受けていた。

「今すごく人気があるんだって。ほら、日本でどんどん新しくできる大量の女の子たちのグループ。あのキモいおじさんがプロデュースしてるやつ。ケイもはまって、目が離せないんだって」

美穂子はボトルに口を押し当てたまま、言う。飲み口の冷たくてつるつるした円で唇がなぞられて、なんとなく気持ちがいい。

「それじゃ若い女の子に鼻の下を伸ばしてる日本の男たちと一緒じゃないかな。アイドルになる女の子たちも女の子たちだよね。わざわざ自分から性的搾取されにいくようなもんだよ」

「システムに問題があるからといって、実際にその中でアイドルをしている女の子たちまで否定するのは違うんじゃない？」

エマが湿《しめ》った唇をぬぐいながら言う。ボトルはもうほとんど空だ。

「日本の会社や社会のシステムに問題があるからって、その中で働いたり暮らしたりしている日本女性のことまで否定されたら腹が立つでしょ。冗談じゃないってなるでしょ。それはどの国でも言えることだけど」

エマは飲み干したボトルをサイドテーブルに置くと、うーんと伸びをしながら、

「わかんないけど、日本って特に、悪い意味で、女性のことしか見ない国だよね。家父長制が徹底してるっていうかさ。女性にそうさせている男性の存在は無視して、女性だけを問題にして、非難することが当たり前になってる。そのシステム自体は絶対に問題視しな

い。これじゃ男性はまるで透明人間」

と、ものすごくリラックスした調子で続けた。「午後に飲むビールおいしいよねー」とでもいうような調子で。

美穂子の中でもやもやとした鬱陶《うっとう》しい霧《きり》のようなままの気持ちを、あっという間に言語化してクリアにしてみせるエマやこの国で出会ったさまざまな国の人たちのことを、美穂子はいつも驚嘆の目で見つめている。言語能力の話ではなくて、自分の考えや気持ちを言葉にすることに慣れているのだ。こっちに来てから美穂子は日々痛感するようになった。私は自分の意見や気持ちを口にすることを、教育されてこなかったと。

思い返せば、ずっとそうだった。

十代の頃から、美穂子は周囲の女の子たちと一緒にもやもやもやもや薄い霧の中で過ごし、誰かはっきり意見を言う女の子がいると、みんな目を丸くして、うっすらと笑みを浮かべて横に流した。流すことだけ、周りにうまく合わせることだけ、学んだ。

成人しても同じだった。学んでも、働いても、遊んでも、恋をしても、誰と出会っても、すべてはあの霧の中。

どうもがいても、霧が晴れない。それどころか、霧はどんどん深くなる。親しくなった人にこの霧が見えるかとそれとなく何度か聞いてみたことがある。見えないと言われた。

本当に、この霧が見えないのか。美穂子は愕然《がくぜん》とした。

二十代の半ば、すべてが息苦しくてたまらなくなっていた美穂子は、わけわかんなくなって闘牛士の格好でＤＪもどきをしていた色彩感覚ゼロの渋谷のクラブで、大手英会話教室の講師の職を得て日本の地を踏んでいたエマと出会い、お互いのはんぱな英語と日本語能力を駆使して愛を育み、我々は結婚したいんじゃと半ギレ気味でエマが生まれ育った国に一緒に帰った。

逃げた、としかいえない感覚だった。美穂子は日本から逃げた。

「わかってるけど。私もそれが嫌で日本を離れたんだし。わかるから、その中で甘んじている女の子や女性たちのことがはがゆくなるんだと思う」

敬子のことを考えながら、美穂子はため息をついた。

一ヶ月間美穂子の家に滞在していた三つ年上の敬子は、はじめは心底疲れ切っており、全体的によれよれしており、イメージとして痩《や》せた老犬を思わせ、その姿は美穂子がエマとウキウキ新婚ライフを営んでいた数年の間に姉の心体に蓄積した日本社会の闇を感じさせるに充分で、美穂子を震撼《しんかん》させた。敬子から語られた話もひどいものだった。

でも、陽射しが降り注ぐ街に毎日連れ出し、いろんなものを食べさせまくっているうちに、敬子はみるみる元気を取り戻し、一人で出かけていくようになった。帰ってくると、

「この国だったら住めるかも」

「この国だったら住める」

「この国に住みたい」

と、時々うわ言のように繰り返すので、大丈夫かと心配しつつ、美穂子はなんなら本当に姉も引っ越してくればいいと思いはじめていた。

この街には、そんな風にして、集まった人たちがたくさん住んでいた。亡命し、逃亡し、より良い生活を求めて、移民となった。

I want more.

はじめてその言葉を聞いたとき、美穂子は驚いた。

どうしてこの国に移住したの？

はじめの頃、出会った人たちが自分と同じ移民であることを知ると、美穂子はいつもこの質問をした。

I want more.

それぞれが生まれ育った国の歴史や社会情勢や法律について語った後、シンプルにそう付け加える人がいた。

自分も望んでそうしたくせに、日本から逃げたことにどこか後ろめたさを覚えていた美穂子は、そんなこと口にしてもいいのかと戸惑った。それに、美穂子が育った国の教育は、欲しがらないように、と子どもに教えた。特に女性は。出る杭《くい》は打たれる、なんてことわざがあるくらいだった。特に女性は。「欲しがりません勝つまでは」。そのフレーズで戦争を乗り切ろうとしたのは、そんなに遠い過去ではない。

I want more.

そうはっきり口に出すことができる人たちと知り合ううちに、美穂子は自分もそうなんだとわかった。そうだったからこそ、ここにいる。

自分はもっと欲しい。

当たり前のこととしてそう思えるように、言えるようになったことが、美穂子はうれしかった。ここにいる理由を誰かに尋ねることもなくなった。その一言があれば、ほかに理由なんて必要なかった。

I want more.

敬子にもそう思って欲しかった。そう言って欲しかった。

一緒に過ごした一ヶ月間、毎日なにやらノートに書き綴っていた姉の生真面目な横顔を美穂子は思い出す。敬子は昔から逃げ足が遅い。子どもの頃、近所の子たちと遊ぶといつも、鬼ごっこでもかくれんぼでもドッジボールでも、最後まで生き残るのは美穂子のほうだった。悪さをして見つかったときも、逃げ遅れて大人に怒られるのは敬子の役目だった。父方の祖父に「敬《うやま》う子」なんて名付けられたせいだろうか、などと要領の悪い姉を見て思ったものだ。

開け放った窓から、行き交う人々の喧騒《けんそう》が聞こえてくる。

古本屋やレストラン、自然派のカフェが並んだ、嘘みたいに陽気なストリート。エマと美穂子が住む、楽しい中古の家具で彩られたアパートは古びた小さな建物で、一階にはおいしいタコスのお店が入っているのでとても便利だ。もはや二人の主食と化している。タコス最高。今日は夕方になったら、エマとチャイナタウンにフォーを食べに行く予定だ。

新しく生活することになったこの国でも、もちろん差別はあるし、問題なんていくらでもある。こわい思いだってする。いいとこばかりの国なんてない。でも、自分のもっと欲しい気持ちを叶えてくれた場所で生きていきたいのだ、と部屋に流れ込んでくる様々な音を聞きながら美穂子は思う。

「ミホー」

横にいるエマがどうしたのと美穂子の頭を抱く。

そう、何より自分にはエマがいる。美穂子はエマの肩に頭をのせる。

自分の名前を、漢字で思い出すことも、書くことも最近ではあんまりない。自分に大切なのは、語尾が柔らかく上がる「ミホー」の響きだけだ。望むように生きられないのなら、生まれ育った国のアイデンティティーなんてなんの意味があるのだろう。美穂子にはもう少しもわからない。

＊

「レディースクリニック」という言葉に、違和感と安堵《あんど》感を同時に覚えるのはなぜだろう。内科や耳鼻科など、普段当たり前のように、日常的に受診している病院は「女性の」ものではなかったのだろうかと思わず考えてしまうほどの引っ掛かりとインパクトが「レディースクリニック」という言葉にはあったし、同時に、「女性の」ものであると明確に定義された病院があることは、ある意味、安心することでもあった。

白い待合室の白い合皮のソファーに座った敬子は、なんの気なしに、白い周囲を見渡した。

観葉植物に、小さなラックに並んだ数冊の女性誌や情報誌。オルゴール調のＢＧＭが脱力気味に流れるなか、スマートフォンに顔を落とした女性たち。

スマートフォンが普及してからというもの、こういう待合室で雑誌を読んでいる人が減った気がする。ラックから動くことのない表紙の女性たちの笑顔は、どれも妙にはっきりし過ぎていた。その中の一人は人気のトートバッグを肩にかけ、昔の少年漫画のバンカラな先輩を思わせるものがあった。整った白い歯の先輩。

午後のはやい時間だというのに、すでにソファーは埋まっていて、この「レディースクリニック」に入ってすぐの受付カウンターには、診察なしで低用量ピルを処方してもらう女性たちの列ができていた。

一度医師の診察を受けさえすれば、ピルの処方のために再診が必要になることはなかった。

はじめに診察されたこのクリニックの男性医師の顔を、敬子はもう忘れてしまっていた。嫌な感じのする男で、こちらの話をおざなりに聞くと、まあ、あなた次第ですけどね、と最後になぜか馬鹿にしたような口調で言った。この男が「レディースクリニック」の医師であることに矛盾はないのだろうかと敬子は思った。が、それ以来、数ヶ月に一度通ってはピルを処方してもらっている。通院している女性の多くが、ピル目当てだった。

これが1％の列か。

並んでいる女性の列を目にすると、敬子は毎度、畏敬《いけい》の念に打たれる。

日本の低用量ピルの普及率はわずか1％であると、以前ネットの記事で読んだことがあった。記事では、その年のほかの国の普及率として、フランス41％、ドイツ37％、イギリス28%が挙げられていた。

コンビニや薬局で手軽に、安価な値段で低用量ピルを買うことができる国もあるのに、無料で配布される国もあるというのに、敬子の国では、取り扱いのあるクリニックに通い、数千円を払わなければならない。そのアクセスの悪さや値段の高さに、躊躇したり、諦《あきら》めたりする女性がたくさんいてもなんの不思議もなかった。

そもそも、その存在を知らなくてもおかしくない。日本社会は、女性が楽をすることに、快適に暮らすことに、選びとることに、なぜか厳しい目を向ける社会だった。女性が自分の体をコントロールすることを良しとしない社会だった。

「いそがしい女性のために、土日も開院しています」

クリニックの開院時間等が記されたホームページには、そうピンク色の文字で、優しげに書き添えられていた。病院への行き方を最初に確認したとき、その言葉は敬子の頭の中でチカチカと点滅した。

ページを閉じる頃、点滅の原因は、ほんの少しの押し付けがましさだと敬子は思い至った。

まるでこの世には、「いそがしい女性」と「いそがしくない女性」がいるみたいだ。「いそがしい男性のために、土日も開院しています」と書かれることがないだろうことは、敬子には容易にわかった。男性はそもそも「いそがしい」ものだから。その考えが根底にあるのが薄く透けて見え、そして、「レディースクリニック」という女性のために特化しているはずの場所だからこそ、余計に目立った。

「女性限定です」

ガールフレンドに付き添っていた若い男性が、クリーム色のタイトワンピース型の制服を着た受付の女性の一人に注意を受けている。ワンピースは腰をきゅっと細い茶色のベルトで締められ、唇はつやつやとしたコーラルピンクだ。

二人が怪訝そうな表情を見せたので、受付の彼女は言い直した。

「ノー、メン、プリーズ」

若い男性はハッとした様子でうなずくと、ガールフレンドに何事か小さな声で言い、外に出ていった。しばらく時間を潰して戻ってくるのだろう。婦人科を受診する恋人に付き添おうと一緒についてくる男性の姿は、ここではたまに目にする光景だ。そして、

「女性限定です」

と注意され、否応なしに放り出される光景も。

同じアジア圏からの留学生、それとも旅行中だろうか。残された若い彼女は、別段気にする様子もなく、スマートフォンをいじりだした。

やっぱりさっきの女の子がいないな。

敬子はそう思ったが、半ばわかっていたことではあった。

午後の診察時間をなぜか勘違いした敬子は、その日、二十分ほどはやくクリニックに到着してしまった。

新宿南口の高層ビル、三階の隅に位置したガラス張りのクリニックは、どこか無機的な印象を与えるクリーム色のカーテンが閉められ（ドレープの部分に影ができて灰色に見えるせいかもしれない）、開院時間が書かれた小さなプレートがかかっていた。

先客がいた。

まだ二十代に足を踏み入れたばかりに見える男女だった。男の子と女の子と呼んだほうが幾分かしっくりくる。

そして、男の子は怒っていた。

「なんで開いてないんだよ、馬鹿にしやがって」

「クソ、はやく開けやがれ」

「ピルぐらいさっさと出しやがれ」

普段なかなかお目にかかれない、まるでギャグのようなわかりやすい怒り方で、彼は毒づき続けていた。敬子と同じように時間を間違ってしまったらしいのだが、それでここまで怒っていられるというのは驚きに値した。

どういう頭の構造になっているのだろう。

敬子は感嘆した。

男の子は敬子に見られていることに、気がついてもいないようだった。それとも、見られていても、気にならないのかもしれない。なので、敬子も気兼ねなく、二人の様子をまじまじと観察した。

女の子のほうはというと、苛立ちを幼稚《ようち》なかたちで爆発させている男の子を、何の感情も出さずに見ていた。なすすべなし、という静かなる態度だった。こういうことは、よくあるのかもしれない。ロングヘアーの、スリムジーンズをはいた今時の女の子に見えた。男の子は顎《あご》や肘《ひじ》がやたらと尖っていて、全体的にダボダボした服装。女の子のほうが少しばかり背が高い。

怒っている男の子と黙っている女の子。

学校でも、会社でも、これまでに同様の関係性を何度も目にしてきた。

怒っている男と黙っている女。

敬子もその中の一人だった。だから、若い二人がその関係性を再生産していることが、悲しかった。

女の子が、一言でもいいから、男の子を諫《いさ》めてくれたらいいのに。やめなよ、と言ってくれたらいいのに。うるせえよ、と頭をぶっ叩いてくれたらいいのに。

敬子は祈るような気持ちで、若い二人を見ていたが、何も変わらなかった。目の前にいるのは、紛れもなく、怒っている男の子と黙っている女の子。

見ていられなくなって、敬子はエレベーターで地階に降りると、ビルに入っているコンビニで時間を潰した。新商品をしみじみと一つ一つ眺めているうちに、やるせない気持ちが少し薄らいだ。物質は力だ。

しばらくしてから、敬子はクリニックに戻った。その間に、四、五人の女性たちの列が新たにできていたが、さっきの二人の姿は見当たらなかった。二人は忽然《こつぜん》と姿を消していた。

馬鹿みたいにキレていた男の子がその場を去りたがり、女の子が仕方なく従った流れは簡単に想像できた。

ピルが本当に必要なのは女の子のほうだろうに。

敬子は情けなかった。女の子のために、何もできなかった自分のことが。敬子こそ、黙っている女の子、黙っている女だった。さっきも、これまでも。

彼女がピルを手に入れる機会は再び訪れるのか、敬子にはわからなかった。

悪く想像すれば、避妊なしでセックスができると間違った知識で浅はかに考えた男の子が女の子を連れてきたとも考えられた。恋人が怒っている様子を無表情で見ていた彼女が自主的に低用量ピルを求めてここに来たとは、残念ながら、考えにくかった。もしも彼女が自分から言いだしてここに来たのだったとしたら、ただついてきただけの男の子に台無しにされたことになる。ピルを使うも使わないも彼女が決めるべきことなのに、そうなっていなかった。彼女の体なのに、まるで彼女の体じゃないみたいだった。

コーラルピンクの唇が、敬子の名前を呼んだ。

その美しい色と柔らかい音に誘われるように、敬子はソファーから立ち上がると、敬子の体を生きやすくしてくれるはずの薬を受け取りに受付カウンターに向かった。

クリニックの受付には、女性たちが次々に現れ、列をつくっていた。

これが本当に1％なんだろうか。これは本当に、1％の女性だけが求めているものなのだろうか。

そんなはずがない。

敬子は確信していた。

途切れることのない列は、その確固たる証拠に思えた。

高層ビルから直通の地下道に出るとすぐに、敬子はイヤフォンを耳に入れ、××たちの音楽を再生した。

ドラマティックで切実なイントロが流れ出す。たったそれだけで、何度も聴いているのに、敬子の気持ちはもう昂《たか》ぶる。はじめて聴いたときの気持ちが蘇《よみがえ》る。

敬子は彼女たちの声とともに、歩き出す。天気予報では午後の雲行きが怪しかったので、濡《ぬ》れてもいい合皮のローファーをはいてきた。ごつごつした靴《くつ》の感触が、頼もしく感じられた。

行き交う人たちの、イヤフォン率の高さ。なにしろプレイボタンを押すだけで、好きな歌が聴いている人それぞれの日常を救いにくるのだ。

片っ端からイヤフォンをしている人たちの肩を叩いてまわり、わかるよ、と敬子は声をかけたい気持ちになった。

地下道の壁は変色し、つながっている高層ビルの一つは老朽《ろうきゅう》化《か》で改装を予定され、中のテナントは軒並み撤退している。マクドナルド以外の飲食店のプレートが外された案内板を見ると、世界の終わりってこんな感じかもと敬子は思う。同じビルに入っていた、敬子のお気に入りだったロシア料理店は近くに移転したが、レディースクリニックでピルを手にいれた後に時々立ち寄るのが習慣だったため、そっちにはまだ行ったことはない。

歌が終わる。歌がはじまる。敬子は自然と早足になる。地下の雑踏をぐんぐんと抜けていく。

反抗しろ、と男たちが書いた楽曲を反抗せずに言われるまま歌っている、従順な彼女たちの歌に、こんなに惹きつけられるのはなぜだろう。どんな情報にも容易にアクセスできる今なら、アイドルを搾取し消費する構造などとっくにわかっているのに、それでも、彼女たちに惹きつけられてしまう。社会という搾取と消費の構造の中で生きている敬子たち市民だからこそ、惹きつけられるのかもしれなかった。その構造の中で生き抜くことが、どれだけ大変で、難しいことかわかっているからこそ。

歌が下手だと、ダンスが下手だと彼女たちが揶揄《やゆ》されるのを目にするたび、敬子はよくわからない気持ちになった。日本のエンターテインメントが彼女たちのせいでダメになったと嘆く人たちは多かったが、それにただうなずいて切り捨てることができないくらいに、敬子は彼女たちを愛していた。そうじゃない、そうじゃないんだ、と思った。彼女たちの「未熟さ」に惹かれると、育てている気持ちになるという人たちもよくわからなかった。敬子の目には、××たちは普通にかっこよかった。普通にすごかった。だから、好きだった。

敬子は××たちから目を離すことができない。たとえおなじみの構造の中とわかっていても、はじめから負けが込んでいるとわかっていても、それでも、トライすることを選んだ彼女たちから。その先に何があるのか、敬子は見たい。知りたい。それは、鏡のように似通った構造の中で生きている敬子たち自身のその先でもあるはずだから。

××たちは、この先があるのかもしれない、とはじめて敬子に感じさせた。それが希望じゃなければ、何を希望と呼ぶのだろう。

なんでなん！

彼女たちの声で溢れるイヤフォンを乗り越えるようにして、大きな音が耳に飛び込んできた。

敬子はびくっとして振り返る。急いで片方のイヤフォンを外した。

目に入ったのは、喪服《もふく》を着た三十代くらいの男女だった。

なんでなん！

女性のほうがもう一度、男性に問い詰めるように大きめの声を上げる。

その耳慣れない言葉とテンションが、喪服姿の女性から発せられている様子を、新鮮な気持ちで敬子は眺めた。黒いストッキングと黒いパンプス。真珠のネックレス。色のあるメイクを排除した色のない顔。

イヤフォン越しに聞くと確実に違和を感じた彼女の声は、今こうして聞いてみると、たいした大きさではなかった。

イヤフォンをしていると、していないときよりも音に敏感になる。前後の情報や文脈から遮断《しゃだん》されているせいか、音楽を通過して耳に届いた音だけをキャッチし、何かとんでもないことが起こったように感じる。

今だって、彼らのほうに振り返ったのは、イヤフォンをしている人たちだけだ。

喪服の男性は、人の目を気にしたらしく、ちらちらと周囲を窺《うかが》うようにすると、まあまあ、と女性をなだめた。

なんでなん！

まあまあ、となだめられたことで余計に苛立ったらしい女性の声がさらに大きくなった。そのボリュームに、イヤフォンをしていない人たちも振り返りはじめた。

前に向き直りながら、そりゃそうだよね、と敬子は思った。どういう事情かはわからないが、真面目に応じてくれず、体面だけ気にしてなだめてくるなんて、腹立たしいだけだろう。

イヤフォンを再び耳に入れようとすると、まあまあ、ともう一度聞こえてきたので、思わずまた振り返る。

男性が取ろうとした手を、女性が振り払うところが見えた。二人はそこで右折し、敬子の視界から消えた。

ようやくイヤフォンを戻し、××たちの世界に再突入しながら、なんでなん！　と、大きな声を出し、ただひたむきに不服を訴えていた女性のことが、敬子には愛おしく感じられた。しかも喪服姿で。それに、東京ではあまり聞く機会はないが、なんでなん！　という言葉の響きには、何か強いものがあった。

家から最寄りのコンビニに入ると、敬子は弁当や惣菜《そうざい》が並んだコーナーに向かい、鶏《とり》団子と野菜入りのスープを手に取った。前に一度食べたらおいしかったので、隣に並んだ豚キムチ丼も気になりつつも、ついつい手が伸びた。夕方のこの時刻なら帰ってから夕飯を作ってもよさそうなものだったが、雑踏に疲れてしまったので、さっさと食べて、まずは空腹を封じてしまいたかった。

横からチェックのシャツを着た青年の手がにゅっと現れ、敬子が迷った豚キムチ丼をさらっていく。擦《す》り切れたジーンズの裾と真新しい灰色のコンバースが目に入った。

敬子はデザートも選ぼうと、冷凍食品売り場に向かった。

店内のあらゆる場所で、人々が物色していた。

敬子と同じ歳ぐらいの冷凍野菜の袋を熟読している女性。サラダチキンを一つ、木からもぎ取るように鷲摑《わしづか》みにしてレジに直行したサラリーマン。三つ並んでいる季節限定のメロンパンを二つかごに入れ、一度その場を離れるも、すぐに戻ってきて残りの一つも手中に収めた黄色いパーカーの女性。

イートインコーナーでは、背中の曲がった老人がクリームパンを食べている。テーブルにかけられた杖《つえ》がゆらゆらと揺れていて、少し危なっかしい。その横でヨーグルト飲料を飲んでいる女の子の眉間の皺の際立ち。

店の外では、駐車場に停《と》まったタクシーの中で、運転手がカップラーメンをすすっているのが見えた。

毎日たくさんの人が、ちゃんと生きようとしていてすごい。

コンビニやスーパーで買い物している人たちを見ていると、敬子は時々圧倒されてしまう。

どちらかというと、スーパーでよりも、コンビニで買い物している人たちに対してそういう気持ちが強く湧いた。材料を買ったり、料理をしたりする余裕がないなかで、なされた精一杯の選択であることが、明確に可視化されるからかもしれない。みんな、限られた日常を、自分自身のニーズに応えて、生きているのだ。

えらい。

敬子は思う。

自分も食べて生きていかねば、ちゃんと食べていかねば。

サラダチキンが入ったビニール袋を片手に、コンビニから走り去っていくサラリーマンの後ろ姿を見ながら、敬子は思う。

まるごとブルーベリーがぼこぼこ入ったアイスキャンディーの箱に白羽の矢を立て、敬子はレジの列に並んだ。生きようとしている人たちの列に。この列に並んでいる人たちは、自分も含めて、えらいのだ。


「えらい」

「さすがにえらいでしょこれは」

「この少子化の時代にえらすぎ。感謝しかない」

レンジで温めた鶏団子と野菜のスープを食べながら、敬子がパソコンで今日のニュースをなんとなく読んでいると、ママドルとして有名な女性タレントに四人目の子どもができたという記事が目にとまった。安定期に入ったので、インスタグラムを使って発表したらしい。

記事には、ふっくらと丸いお腹に手をのせて微笑《ほほえ》む、女性タレントの自撮り写真が添えられていた。

十代の頃、彼女は当時のトップアイドルグループのメンバーで、同じく十代だった敬子は、夕飯時に、そのアイドルグループのパフォーマンスをテレビの歌番組でよく目にする機会があった。同級生とカラオケに行くと、必ず誰かが彼女たちの歌をリクエストし、みんなで一緒に大合唱した。体に染み付いている歌の数々は、歌詞を見なくても今でも歌えるはずだ。

細長いしょうがを嚙《か》み砕《くだ》きながら、なんとなくそのニュースに書き込まれた大量のコメントを読んでいると、お祝いや驚きの言葉とともに、

「えらい」

「えらい」

という言葉が、次々と敬子の目に飛び込んできた。そこには、大量の「えらい」があった。

子育てをがんばっていてえらい、というニュアンスの「えらい」も少なくなかったが、多くはそういう意味合いの「えらい」ではなかった。そもそも普段の彼女は、ＳＮＳにアップする子育ての様子を叩かれることのほうが多かった。これは、

「たくさん産んでえらい」

「少子化だからえらい」の「えらい」だ。つまり、「お国のためにえらい」という意味だ。

その「えらい」を見ていると、みんなごはんを食べているだけで「えらい」などと、さっきコンビニで考えていた敬子はただのお馬鹿さんのように感じられた。でも、女性タレントの「ご懐妊」のニュース、そしてそのコメント欄で少子化を憂《うれ》えている何千人もの人々、その全体を目《ま》の当たりにしても特に自分を卑下する心境にならないほどには、世間が未婚の独身女性を抑圧する通りに心が折れない程度には、社会は変化していたし、主に社会の変化した部分を重点的に敬子は生きていたいと思っていた。

敬子は女性タレントの自撮り写真をもう一度見る。

パステルカラーの服を着て微笑む彼女が、「国のために」赤ん坊を産んでいるとは、やっぱり思えなかった。

食べ終わった敬子は、イスに引っかけていたトートバッグからピルの包みを取り出した。ほぼ半年分、無印良品の名刺ケースに似た大きさと形状をしたピルの箱半ダースが一セットで包装されている。

ぴりぴりとビニールをはがすと、しゃかしゃかとまるでおもちゃみたいな軽い音がして、毎度のことながら拍子抜けした。おいおい、天下のピル様じゃないんですか、と鼓舞したくなる。

平べったいケースを一つ手に取り、開くと、日にちによって色が分けられたまん丸い薬が二十八粒並んでいる。最後の一週間分は服用を忘れないための偽薬なので、真っ白だ。こういう駄菓子を敬子は昔よく食べていた。同じようにシート状の、ピンクや黄色、黄緑色をした極小サイズのチョコレート。あの駄菓子も振るとしゃかしゃかと音がした。

日月火水木金土
月火水木金土日
火水木金土日月
水木金土日月火
木金土日月火水
金土日月火水木
土日月火水木金

敬子はいつもするように、どの曜日に飲みはじめても対応できるべく用意されたカレンダーシールから、今日の曜日からはじまるシールを選んではがし、学校の時間割のように並んだピルの上に貼りつけた。

日月火水木金土
月火水木金土日
火水木金土日月
水木金土日月火

金土日月火水木
土日月火水木金

取り残されたまま、今後使うあてもない曜日のシールを見るたびに、敬子は形容しがたい気持ちに襲われる。使われなかった曜日たちの墓だ。

各々がフェルトペンで直接シートに曜日を書き込めば済むのではないかとも思うが、この不必要な曜日のシールを貼りつけるところから、ピルを飲むという行為ははじまっているような気もした。

ある意味、儀式。

貼る位置がちょっとずれてしまったが、儀式が滞《とどこお》りなく済んだので、敬子は一日目のピルを口に放り込んだ。

飲んだ実感もないくらい小さな粒。水だって必要ない。

買ってきたブルーベリーのアイスを冷凍庫から召喚すると、もう少ししたら塩豚でも茹《ゆ》でよう、あれは日持ちがするし、などと考えながら、敬子はソファーに寝そべった。まだ外は明るい。

「えらい」

ミカが言った。

「えらい」

フミコが言った。

「えらい」

ユキエが言った。

「えらい」

チヨが言った。

「えらい」

アカネが言った。

「えらい」

「えらい」

「えらい」

「えらい」

「えらい」

「えらい」

「えらい」

「えらい」

わたしたちは何度も繰り返した。言葉が意味を失うくらいに、何かの記号に思えるくらいに、何度も。

でも、ちゃんとわかっていた。わたしたちが「えらい」ということは。誰に言われなくても。

だから、わたしたちはお互いに言い合った。その言葉が笑い声に変わるまで。

*

香川歩《あゆむ》はデスクから立ち上がると、そのまましばらくオフィスを眺めた。

座りっぱなしだったため体をほぐしたかったのだが、背中を反るようにして腕を組んだ彼女の姿態は仁王立ちとしかいえず、偶然顔を上げた一つ奥の島に座っているひょろっとした男性社員が歩の姿を見て、一瞬ぎょっとした表情を浮かべると、目を逸《そ》らした。

気を取り直すように彼がデスクの上のペットボトルを手に取り、昨日から置きっぱなしの、おそらく炭酸の抜けたカルピスソーダを口に含む様子を見下ろしながら、歩はうーんと、腕を前に伸ばした。

向かい合わせにくっつけられた二つのデスクが部屋の端まで横に細胞分裂し、その長方形のデスク群がさらに部屋の奥まで細胞分裂している様は壮観だったが、これでもまだ部屋の半分にしかならない。

この半分をそっくりそのまま部屋のもう半分にコピーすると、歩のオフィスの全体となる。デスクやパソコンはコピーできても人はコピーできないはずだが、パーテーションで区切られているもう半分で働いている人たちの存在感は正直希薄で、歩たちとそっくり同じ姿形をした人間が働いていたとしてもおかしくなかった。

広いオフィスに人がひしめき合っている。歩は自分がその一部であると実感が湧いたためしがない。

この会社に属しているという感覚が希薄なのは、歩がまだ二十代だからか、非正規採用だからか、それとももしかしたら、もう半分にいる自分のほうが、本当の歩だからかもしれない。こっちの私はただのコピーロボットかもしれない。敬子がいた頃は、コピーロボットじゃない自分をもう少し信じていられたような気がする。

歩は息を吐いた。

歩は最後に両手を上げて全身を伸ばしたが、広大なオフィスの中で、歩の動きを気にする者はもういなかった。発生したバグは、バグだと認識さえしてしまえば、視界に入れずに無視するのは簡単だ。

おーい、おーい。

無人島に流れ着いた人みたいに、上げた両手を少しだけ左右に振ってみた。

やっぱり誰も気にしなかった。

敬子が以前座っていた向かいの席で作業をしている宇波は尋常じゃないほど眉間に皺を

寄せ、パソコンの画面に顔を寄せている。なぜかいつもワンサイズは大きい服を着ている宇波は猫背もひどいので、前傾姿勢をしていると、まるでパソコンに魅入られ、顔から液晶画面に取り込まれようとしている人のようだ。現代のホラー。

「危ないんじゃないそれ」

言いながら、歩は座り、イスを引いた。

宇波は画面から顔を上げると、

「この眼鏡、ブルーライトカットの機能があるから大丈夫です」

と、わざとらしく手のひらをぴんと伸ばして眼鏡のふちをひょいと持ち上げるようにして言う。

アニメ好きの宇波は、よくアニメのキャラクターのような動きをする。職場の多くの人には伝わらず怪訝な顔をされているが、誰の真似か彼女の中でははっきりしているらしく、そういう動きをした後は、にやにやしたり、ひとりで手を叩いて笑ったりしている。幸せそうだ。歩はわりとついていけるほうなので、宇波に好かれている。席も向かい合わせだし、いい関係を築いているといえるだろう。

歩がこのオフィスで働きはじめた頃の敬子と歩の関係とは大違いだ。

歩は思わず思い出し笑いをしてしまう。自分の動作がウケたと思ったらしい宇波が、満足そうな表情をして、再び画面に視線を戻した。

敬子ときたら、まるで無愛想だった。

意地悪、とか、冷たい、とか、そういうことではなくて、職場の彼女は必要最小限のコミュニケーションでやり抜くと決めているように見えた。

歩の研修期間中は、一通りの会話があった。

歩が困って助けを求めるたび、向かいの席の敬子は顔を上げ、歩の席まで静かに回ってくると、体を屈《かが》めた。すべての動作に「淡々と」と言い添えたいような動きだった。

歩のすぐ横で無表情にパソコンの画面を見つめ、手順を説明していく敬子の横顔を、歩は時々盗み見た。

この人説明上手だな。

敬子の目は液晶画面を反射して青く光っていた。目元に茶色い点が散っているが、シミと呼ぶにはまだはやそうだった。爪は短く切り揃えられていて、日によってエナメルが塗られていたり塗られていなかったりした。白い首とストライプのシャツ。小さな金色のピアスをつけた耳。

ちゃんとした人。

敬子を見ていると、歩の頭の中にそう浮かんだ。

その後、飲み込みのはやい歩があっという間に業務を覚えると、ではそういうことで、とでもいうように、敬子は後腐れのない引き潮のごとく自分の陣地にざあっと引いていった。

人数が少ないチーム態勢で、一人ずつずらして休憩をとるルールになっていたし、敬子は人の話は案外楽しげに聞いて適当な相槌《あいづち》を打つが、自分の趣味や好きなものの話はほとんどしなかったので、私生活があまり垣間見えなかった。話すのは、もっぱら歩のほうだった。

だから、普通に付き合っているのだと、歩も思い込んだ。

ある日、給湯室に入ると、男性社員の誰かが敬子に寄り添っている光景が目に飛び込んできた。歩は目を疑った。

背の高いその男は敬子の背中に筋っぽい手を添えていたが、歩が入ってきたことに気がつくと、ぱっとその手を離した。

敬子は怪訝そうな表情で男の顔を見上げたが、歩の姿を認めるといつもの無表情に戻った。

男は人の良い表情を浮かべると、歩が奥に入れるよう場所を譲り、出て行った。

そういう瞬間をたまに目にするようになった。

退社後、同時採用の友人との待ち合わせで、歩が会社近くのコンビニの雑誌コーナーで時間を潰していると、よく知った顔が前を横切った。

首から下げっぱなしになっていたIDカードを外してバッグに戻そうとする敬子に、給湯室で親しげにしていた男が笑顔で走り寄り、二人は並んで駅のほうに歩いていった。男は敬子に顔を寄せて何か話しかけていた。日が長い季節で、夕焼けがあたりのビル群に映えてきれいだった。お似合いのカップルに見えた。

男は、四十代ぐらいだと思われた。歩からすると、おじさんでしかなかったが、敬子が付き合っているのだから、まあ、悪くないおじさんなのだろうと思うことにした。

ほかの人たちも同じような瞬間をいくつか目撃したのだろう。耳に入ってくる噂話《うわさばなし》から察するに、同じチームの人たちも暗黙の了解として、二人の関係になんとなく気づいているようだった。

オフィスでは、男は入り口寄りの通路側に位置する敬子の横を通るたび、二人の関係に気づいている者ならわかるような程度で歩く速度を落としたり、彼女のデスクの端に意味深げに触れたりした。

それを目の端で捉《とら》えては、こういうプレイってあるんだな、と歩は適当に感心したり呆れたりしていた。敬子の男への素っ気なさが、余計に会社プレイ感を醸《かも》していた。てか、会社プレイってなんだよ。

男はいつもオフィスの奥までまっすぐ歩いていき、そこで歩たちと反対側の、パーテーションの奥に消えていった。

「それ見せて」

敬子が言ったとき、歩は驚いた。

歩はいつも小さなピンク色のスタンガンを持ち歩いていた。

エレベーターホールでバッグから転げ落ちたそれは、運悪く隣のチームの吉田に拾われた。その場ではすぐに返してくれたくせに、吉田はオフィスに入り、歩が席についたと見ると、茶化しにきた。

「ローターかと思って、びっくりしてさあ」

わざと大きな声で、輪を広げようと周囲を見回すようにして話す。同じ島の数人が、どっと笑い声を上げ、見せろ見せてと歩に手を伸ばした。

「いやもう、おじさんには刺激が強いですわ」

吉田がにやにやしている。

仕方なく、バッグの奥底に片付けたばかりのピンクの物体を一番近くにあった手のひらにぽんと置くと、歩は渋々お遊びに付き合った。

「だって、いろいろ物騒な世の中じゃないですかぁ。駅からアパートまで離れてるし、住宅街に街灯も少ないから心配なんですよね～」

いつもより高いトーンで言うと、

「わかるわかる」

「わかるけどさすがにスタンガンはやばいでしょ」

というわいわいした声に交じって、

「女ってこえーな」

「自意識過剰だろ」

と半笑いの男たちの声が離れたところから聞こえてきて、歩は内心ムッとした。どんだけテンプレの反応だよ。私は真剣なのに。

こわい思いをしたいくつかの記憶が蘇った。

スタンガンがそれぞれの手の上をおざなりに一周し、みんながこのリフレッシュタイムに飽きた頃、大切なピンク色は歩のデスクまでようやく戻ってきた。

ほらっと吉田から投げて寄越されたそれをキャッチすると、歩はため息をつきながら、急いでバッグに戻そうとした。

「それ見せて」

意外なところから声が飛んできて、それからまっすぐ手が伸びてきた。ほかの人たちのようににやにやしたり笑みを浮かべたりしていない敬子の顔を、歩はそのとき、めちゃくちゃ好きだと思った。

誰もが興味を失い、何もなかったかのように業務に戻ったなか、もう一度ピンク色を手渡すと、確かめるようにしばらく触ってみた後、

「いいねこれ」

と、敬子は真面目な顔で歩に言った。

「ここ押すと、電流が流れるの？」

「そうらしいです、まだ使ったことないですけど。お守りみたいなつもりで手に入れたんで」

次の瞬間、敬子がちょっとだけ早口になった。めずらしいことだった。

「どこで買えるの？」

「ネットです」

「ネットか」

敬子は何度かうなずいた。何かを自分に言い聞かせているみたいだった。

例の男からセクハラを受けていると敬子が人事に被害を訴えたとの噂が流れて、みんな驚いたし、歩も驚いた。

会社と同じく古い体質を保持したままの人事部が男に直接事情を聞くと、恋愛関係がこじれてしまったという説明があったという。男はしきりに人事部に詫《わ》びたらしい。

男の同僚たちは、普段から二人の関係を聞かされていた、あいつがセクハラなんかするはずがない、あんないいやつはなかなかいないと、饒舌《じょうぜつ》に語った。ここだけの話、かなり感情的な女性で、あいつも手を焼いていたみたいですよ、とのおまけ付きで。

以上はすべて、広大なオフィスのちょうど中央あたりにデスクがあり、なにかと情報通の植村《うえむら》さんという年配の女性から、隣のチームでもっともコミュニケーション能力がある沢《さわ》さんが聞き出してきた情報だ。

歩の所属しているチームの主任も呼び出され話を聞かれた。よくわからないが、仲の良さそうな様子は何度か目にした、と答えた、それ以外は何も言ってない、と誰も座っていない敬子のデスクを見ながら、主任はヒソヒソ声で報告した。あの日、敬子は非番だったのか、それともランチ休憩中だったのか。歩はもう覚えていない。

その後は、古臭いドラマのような展開を見せた。陳腐《ちんぷ》すぎて、観るまでもない。

正社員の四十代の男と、非正規の三十代の女。

勝敗は明らかだった。

唯一平等に重ねるはずの年齢でさえ、一方にはプラスに働き、もう一方にはマイナスに働く。

歩の周囲の人たちは二人が一緒にいる姿を目撃していたので、いわゆる痴情《ちじょう》のもつれで敬子が度を失ったのだろうと、思わざるを得なかった。目で見た情報はこびりつく。仕事中の敬子の人柄とはどうにも合致しない出来事ではあったが、そもそも彼女の私生活や性格を知っているかと問われれば、何も知らないに等しかった。それに、恋愛と言われてしまうと、確かに恋愛とは、そういう側面のあるものだったかもしれない。恋愛は変だ。みんな半分首を傾げながら、半分結論づけていた。敬子が悪かったのだろうと。その証拠に、会社からいなくなったのは敬子のほうじゃないか。

敬子のデスクは、新しく派遣されてきた女性のデスクになった。

歩は仕事中、前に座っている見慣れない顔（彼女は結局二ヶ月程で辞め、その後任として宇波がやってきた）についつい目をやっては、敬子のことを思い出した。

敬子は今どうしているだろう。私のピンクのスタンガンを笑わなかった唯一の人。時々、オフィスのはるか奥のほうで、あの男がほかの男たちと何か話し込んだり、肩を抱き合ってふざけたりしている様子が目に入ることがあった。

なんだ、あのおっさん。

敬子が仕事を辞めるはめになったのに、のうのうとしている男のことが歩は腹立たしくてたまらなかったし、納得いかなかった。

あの出来事は一体全体なんだったのか。

すっきりしない気持ち悪さが残った。

心を決めた歩は軽いノリを装って敬子にラインをすると、お茶に誘った。

四十分後に帰ってきた返信は、歩と同じぐらいに、軽いノリを装っていて、そのらしくなさに歩は目の奥がなんだか熱くなった。

敬子から語られた話は意味がわからなかった。当事者である敬子でさえ意味がわかっていなかった。

結論からいうと、敬子とあの男は付き合っていなかった。

「え、そうだったんですか⁉」

歩は大声を上げたが、敬子はあたりを気にするでもなく、

「うん、まったく」

とまっすぐな顔で答え、運ばれてきたタピオカミルクティーをそのままの表情で吸い上げた。その変わらなさに、歩はまた泣きそうになった。デスクの向かい側で、日々様々な飲み物を飲む彼女を歩は見てきた。敬子は意外なことに、新製品を果敢《かかん》に試すタイプだった。

敬子の話では、男はそれまで敬子とは何の関係もなく、会話を交わしたこともなかったのに、あるときから突然、不可解な言動を繰り出すようになった。

たとえば、歩が給湯室で二人を見かけた出来事。

敬子が流しでマグカップを洗っていると、それまで共有冷蔵庫の中を覗き込んでいたはずの男が突如として敬子の脇に立っていて、「あ、大丈夫ですか？」と、敬子の背中に手を当てた。

敬子はなんだこいつと思ったが、歩も入ってきて、男も去っていったので、まあいいかと深く考えなかった。

そのバリエーションの繰り返しだった。

男は脈絡のないタイミングで敬子に近づくと、妙に親しげな調子でどうでもいいことを話しかけたり質問したりし、しばらくすると何事もなかったように去っていった。その際、軽くではあったが、背中や肩や腕に触ることも少なくなく、敬子は警戒するようになった。

いよいよおかしいのではないかと敬子が思うようになったのは、偶然、もちろんつくられた偶然だが、二人きりでエレベーターに乗るはめになったときだ。

七階のフロアから一階に降下するまでの間は何事もなく敬子は安心しかけたが、扉が開く瞬間、男はすっと体を寄せ、敬子の頭にポンッと軽く手を置いた。一瞬の出来事だったが、一階でエレベーターを待っていた人たちの中には見逃さなかった人もいたはずだ。それから男は、わざとらしく手を引っ込めると、恥ずかしそうに敬子に目配せをして出て行った。

男はそうやって種を蒔《ま》き、目撃者を増やした。

歩がコンビニの中から二人を見かけたとき、男が敬子に言った言葉は、「靴の底がはがれてしまったみたいなんですけど、駅の中にミスターミニットありましたっけ？」だった。そのまま駅まで横を歩いていたが、靴底がはがれたようには敬子には見えなかった。おそらく、給湯室でも、誰かが近づいてくる気配を感じて、瞬間的に敬子の背中に手を添えたのだろう。そしてその誰かが歩だった。

この二人には何かある、そうほのめかすことさえできればよかった。

だから、誰にも見られていない場所では、男は敬子を完全に無視した。

男が敬子のデスクを通るたびに速度を落としたり、デスクに触れたりしていることを、もちろん敬子は気づいていた。

必死で、気づかないふりをしていた。さすがにこわいと感じるようになり、会社に行くことさえ苦痛になっていた。

注意だけでもいいからしてもらえたら。

そう考えて人事部に相談すると、事態は敬子が思ってもみなかったような様相を見せた。男が時間をかけて蒔き、順調に育っていた蕾《つぼみ》が、一斉に花開いた。その花は食虫植物だった。虫に選ばれたのは、敬子だった。

二人は付き合っていると思っていた、と誰もが証言した。同じチームの主任でさえそう言った。敬子の訴えは、あっという間に、「ヒステリー女」がついた嘘になっていた。

「恋愛がうまくいかないからって職場を巻き込むのはいけないね、いくら女性が感情的な生き物だって言ってもね」

最終的に、ずらりと並んだ年配の男たちに半笑いで諭《さと》され、気づけば、敬子は自主退職することになっていた。

職場での最後の日、あの男は敬子が覚えている限りでは、デスクの横を三回通過した。速度を落とすこともなく、ポケットに手を突っ込んだまま歩いていく、その足取りは軽やかだった。

あの男が歩のデスクの横を通りすぎた。

あの男が通過すると、今では当時の敬子と同じように、歩はすぐに気がつく。怒りと不気味さで腕に鳥肌がたつ。向かいの宇波は、おそらく気づくことはないだろう。男はひっきりなしに行き来する、無数のスーツ姿の男性社員の一人でしかない。

あの男にしたら、はじめから勝つことがわかっていたゲームだったのだろう。どうしてあそこまでする必要があったのかわからない。敬子は静かに、真面目に働いていただけだったのに。

はじめて二人で会って以来、敬子とはちょくちょく会う仲になっていた。

最近は、妹さんの住んでいるカナダに一ヶ月滞在していたのだが、帰国したと連絡があったので、来週会う。

歩は奥歯を嚙みしめる。

敬子の話を聞いて以来、毎日職場に来るたびくやしくてたまらない。

そんな歩の気持ちを知るよしもなく、ぽんぽんと、目の前の受信トレイに新たな業務メールがたまっていく。冗談みたいにどんどん届く。

非正規である歩はこの仕事に何の思い入れもなかったし、非正規であればこそ、歩の年

齢的にも次の仕事は比較的容易に見つけられるだろうことはわかっていた。それでも、ここにいるのは、

私が倒す。

歩が心のどこかでそう思い続けているからかもしれなかった。

時代錯誤な、しかし今でも元気に蔓延《はびこ》っている男女の格差と固定観念を利用して、敬子を陥《おとしい》れた男。自分は何も失わず、これからも涼しい顔をして生きていけると思っている男。

歩は奥に遠ざかっていくあの男の後ろ姿をにらみつける。

大丈夫。私にはピンクのスタンガンがついている。

＊

支払いを済ませ、奥のカウンターで持ち帰りのカフェオレが出てくるのを待っていると、店に入ってきたばかりの五十代くらいの男性が、カウンターの奥にいる若い女性にそう軽口をたたいた。人の外見をいじってコミュニケーションを取ることに疑問を感じないタイプらしい。

「前よりもきれいになったね」

「おじさん」発見。

敬子は心の中で思うと、手渡されたプラスティックの蓋付きのカップを包み込むように両手で受け取る。巻かれたダンボール素材のスリーブが手の中でずれた。

「毎回言ってますよそれ」

白い布巾を片手に持った女性店員は受け流すように返事をすると、腰を屈めてコーヒーメーカーのメンテナンスを続けた。

カウンターに立っている男性店員が注文を取ったが、「おじさん」はまるで聞かせるように必要以上に大きな声でオーダーし、彼女をチラチラと見ては、さらに話しかけるきっかけを窺っているようだった。彼女は振り返らず、全神経を集中させるようにコーヒーメーカーに向き合っていた。

敬子はそわそわしている「おじさん」の後ろを通って店から出ると少し歩き、この前見つけた小さな公園に入っていった。

公園の中央に突っ立った大きな時計によると、十五時を少し過ぎている。

住宅街と繁華街の境目が曖昧《あいまい》な街にあるこの公園の中では、子どもたちを遊ばせている母親たちが談笑するベンチの横を、夜の営業用の食材が入ったビニール袋を両手に提《さ》げた料理人らしき男性が通りすぎていく。

敬子は公園の端にあるベンチの一つに座った。色あせたベンチはベンチとしての寿命を予感させる灰色と白色が混ざったような色に変色していて、かつてどんな色だったかもうわかりようもない。

カフェオレと一緒に買った個包装のアップルパイをかじりながら、敬子はついつい癖《くせ》になっているニュースの流し読みをした。

国を代表してインドネシアに遠征していた二十代のスポーツ選手数名が、現地で買春をしたと問題になっていた。海外出張のたびに買春の絶好の機会だとばかりにはしゃいでいる、いまだバブル時代をひきずった「おじさん」と違わぬ態度は、とても醜悪《しゅうあく》だった。
ほかのニュースでは、殺害された若い女性の服装が派手であること、彼女が夜の仕事に就いていたことを理由に、だから自業自得だという論調がコメント欄に溢れていた。記事には、派手なメイクをしてピースサインをしている被害者の写真がわざわざ添えられている。

違う二つの事件は、まっすぐな糸でつながっているように敬子には思えた。

敬子はスマートフォンを膝の上に置くと、カフェオレを一口飲んだ。

子どもたちが遊んでいる方向の空気が変わった。

敬子が目を向けると、少し離れたところにいたはずの母親たちが、砂場で見事なお城を建設中の子どもたちを取り囲むようにして、さりげなく壁をつくっていた。

その奥では、いつの間にか現れた六十代くらいの男が不自然に佇《たたず》み、不格好に構えられた携帯電話のカメラは、どうやら女の子たちを狙っているようだった。母親たちはおおごとにしないようにと、背中で娘たちを守っていた。

何十年も前の「おじさん」の記憶が蘇り、敬子は薄ら寒い気持ちになった。

小学生の頃、敬子が一人でとんぼを捕まえていると、見知らぬ若い男が近づいてきて、向こうにもっととんぼがたくさんいるから、一緒に行こうと声をかけてきた。「おじさん」

は、高校生か大学生ぐらいに見えた。もしかすると中学生だった可能性もある。

当たり前のように敬子を見つめてくる相手の眼差しに体が動かなくなり、なんとか首を横に振ると、そう？　と「おじさん」はまた何事もなかったように去っていった。

敬子は「おじさん」がいなくなったので安堵し、もしついていっていたらどんな目に遭っていたかまでは意識が及ばず、とんぼはどうなっただろうとすぐに気持ちを切り替えた。

声をかけられたことで手元が狂ったらしく、敬子が下ろした網はとんぼの柔らかいしましまの下半身をちょうど半分あたりで貫いており、網を上げると、かたい葉っぱの上には上下二つに切断されたとんぼの姿があった。敬子はようやく悲鳴を上げた。

中学生の下校時、いつも通り裏門から出て、短い横断歩道を渡ると、そこにはシャツにチノパン姿の「おじさん」が立っていた。今思い返してみると、三十代くらいだったのかもしれない。

首からカメラを提げている「おじさん」は、通りすぎようとしている敬子の行く手を遮るように横から出てくると、写真を撮らせて欲しいと請うた。

再び、なんとか首を振って敬子が断ると、「おじさん」は静かに持ち場に戻った。また裏門から女子生徒が出てくるのを待ち構えるために。

数年前、素人カメラマンが公園や様々な場所で声をかけて被写体にした少女たちの写真を展示する『声かけ写真展』が開催され、ＳＮＳ上で問題視されてはじめて、かつての自分と同じように声をかけられた少女が無数にいるのだと敬子は知った。少女時代の自分の写真が、今になって無断で展示されていることを知らない女性もたくさんいたはずだった。

　こういった「おじさん」による被害に、思えば、敬子は、日本の女性たちは、幼い頃から対峙してきた。

　自分たちをなめるように見る視線、あわよくば何かできるのではないかと近づいてくる大きな体、突如として発せられるグロテスクな言葉、そしてそのすぐ先にある言葉にもしたくない性犯罪の数々。犯罪であるはずなのに、十分な対策が取られないまま何十年も経った。

　学校、職場、どこにいっても「おじさん」がいた。

　人生は、ある意味「おじさん」への知見を深める場だった。瞬時に「おじさん」かどうかを判断できるほどには、日本の女性は「おじさん」の性質に詳しかった。「おじさん」が気づいているよりもずっと、「おじさん」はわかられていた。

　一つ、「おじさん」に見た目は関係ない。だが、見た目で判別がつくことは確かに多い。特に、目つき。特に、口元。座り方もだらしない。

一つ、「おじさん」は話しはじめたらすぐにわかる。

一つ、どれだけ本人が「おじさん」であることを隠そうとしても無駄な努力である。どこかで必ず化けの皮が剝《は》がれる。けれど、「おじさん」であることを隠そうとする「おじさん」は実はそんなにいない。「おじさん」はなぜか自分に自信を持っている。

一つ、「おじさん」に年齢は関係ない。いくら若くたって、もう内側に「おじさん」を搭載している場合もある。上の世代の「おじさん」が順当に死に絶えれば、「おじさん」が絶滅するというわけにはいかない。絶望的な事実。

一つ、「おじさん」の中には、女性もいる。この社会は、女性にも「おじさん」になるよう推奨している。「おじさん」並の働きをする女性は、「おじさん」から褒《ほ》め称《たた》えられ、評価される。

思えば、「おじさん」が存在しない場所など、果たしてこれまでにあったのだろうか。

それなのに、数え切れないほどの「おじさん」との嫌な出来事に蓋をするようにして、まるでなんでもないかのように敬子は生きてきた。それ以外の生き方など想像したこともなかった。周囲の女性たちもそうしているように見えたから。これが普通なのだと思い込んでいた。

あの瞬間、前に働いていた会社の会議室で、敬子の主張などはなから信じる気もなかった数人の「おじさん」から見下したような目で睨《ね》めつけられた瞬間、敬子は覚醒した。

この目を知っている、この目が私はずっと大嫌いだった。私のことを物のように見る、人間扱いしないこの「おじさん」の目が。大嫌いだった。大嫌いだ。

そうわかるまでに、ここまで時間がかかったことが、敬子は信じられなかった。こんな特異な出来事が自分に降りかかってはじめて、ようやく気づくことができた。

女の子たちの声が心なしか大きくなる。

写真を撮れないことに落胆したのか、「おじさん」が公園の外に消えていく。

肩の力を抜いたように、砂場のふちに腰をつき、笑い合う母親たちの姿を見ていると、敬子の頭の中に、

「毎日がレジスタンス」

という言葉が浮かんだ。

昔、「毎日がスペシャル」と有名な女性歌手が歌っていた。陽気な、楽しげな歌だ。敬子もよく口ずさんだ。

でも、今の敬子に実感があるのは、「毎日がレジスタンス」だ。抗い続けなければ、どの瞬間にも、「おじさん」の悪意に、「おじさん」がつくったこの社会の悪意にからめ取られてしまう。常に防衛するのが当たり前の、「普通の生活」を日々送っている日本の女性たち。

「毎日がレジスタンス」

敬子はもう一度そうひとりごちると、アップルパイの残りを急いで食べた。あと五分で短期バイトの休憩時間が終わる。走らなければいけない。

＊

ドーム型の会場に轟《とどろ》く歓声に敬子は圧倒される。

大きな音のうねりに飲み込まれそうだ。

地鳴りのような響きは個々の言葉としては識別できないが、観客たちが発しているグループ名や推しの名前、腹の底から溢れ出る高揚感、一万七千人分のこのバリエーションで構成されているのだろうと察せられた。

どの瞳もステージをただ一心に見つめている。観客が手に手に握りしめたペンライトが場内の瞳の数を何倍にも膨れ上がらせる。それぐらいに、ペンライトと同じぐらいに、彼らの瞳は一様に輝いていた。

その空間の意外な居心地の良さに、敬子は最初肩透かしをくらった気持ちだったが、じきに慣れた。

アイドルのライブにおけるマナーを事前にネットで調べたところ、同系列の先輩グループの客層がほとんど中高年以上の男性のため、足が遠ざかる女性ファンもいると目に入った。だが、浮かないだろうか、という敬子の危惧はまったくの杞憂《きゆう》に終わった。

会場に入る前から、想像していた客層と違うことは明らかだった。

駅前から続く長い歩道橋は、期待に胸を膨らませ、わいわいと仲間で会場に向かっている若い世代の姿でいっぱいだった。

確かに男性が多かったが、彼らは十代、二十代がメインの層であり、三十代以降が柿の種におけるピーナッツぐらいの割合でそこに交ざっているような状態だった。男性の一人客もざらにいる。敬子と同じ年代で一人で来ているらしい女性の姿もめずらしくなく、敬子は安堵した。

驚いたのは、思いのほか、女性が多いことだった。

男性のメイン層と同じく、十代や二十代の彼女たちは、おしゃれをしてきたことがちゃんとわかる格好で、連れ立って歩いていた。頭に花飾りをつけ、おそろいの服で決めている二人組もいた。通っている学校のものかはわからなかったが、制服を着てきた子たちも。

××の系列のアイドルグループは脈々と、学校の制服を衣装として取り入れてきた。

もともと、この国の男たちは、女性の制服姿に異常に敏感だった。プロデューサーであるあの男は、何十年も前からそれを熟知していた（かつてプロデュースしていたアイドルグループに「セーラー服を脱がさないで」という歌を歌わせていたのは有名な話だ）。

学校生活を送っている間は、同級生の女の子たちの制服姿を意識して過ごし、卒業後も、成人後も、制服の女の子を機会があれば消費することに躊躇しない。それが日本の男たちの人生だった。

その欲望に応えるべく、文化やメディアや政府やあらゆる団体はまるであの男に倣《なら》うように、ことあるごとに「制服の女の子」をつくり出し、使用し続けてきた。構成人員がほとんど男なのだからそうなるだろう。なにしろ彼ら自身の欲望でもあるからだ。彼らに罪の意識は皆無だった。

長年にわたり、普通の女の子も、つくられた女の子も、多くの男たちにとって、存在価値は、役割は一緒だったのだ。

その結果、普通の女子中学生、女子高生が、テレビの中のアイドルと同じように消費の目で見られるのが当たり前の現代社会が定着した。

でも、それでも、好きなアイドルと同じになれるからと、制服を身につけてライブにやって来た彼女たちのことを、否定する気持ちは敬子にはまったく湧かなかった。むしろ、わかった。

アイドルの女の子たちと、普通の学校生活を送る女の子たちの共通点が制服だった。

「制服」がただ「制服」だった頃は、本当にあるんだろうか。いつから「制服」は「制服」ではなくなったのか。男たちに意味づけされる前の「制服」を想像することは、今ではとてつもなく難しい。

そう考えながらも、気づけば敬子の瞳も、ステージの上で制服を着て歌い踊っているメンバーたちに釘付けになっている。

二階席の敬子から彼女たちの姿は遠く、表情はよくわからない。ステージ正面の左右に用意された大きなスクリーンに次々に映し出されていく彼女たちのアップを見て、本当にそうなんだ、とようやく納得ができるレベルだ。

××に至っては、長い前髪で顔が隠れがちで、スクリーン上でも表情がわからない。あの鋭い眼差しもよく見えない。

それでも、開演し、観客の期待が充満したステージに××が最初に現れた瞬間、会場にはひときわ大きい歓声が上がった。各々違う推しの名前がプリントされたタオルを首に巻き、うちわやグッズを振っているのに、本物の××がここにいる、という事実に、みんな思わず反応したようだった。

ライブが進むにつれて、××を中央に据えた彼女たちがいかに不思議なグループか、敬子はしみじみと感じ入った。楽曲やテレビ出演時の新曲パフォーマンスをネットで漁《あさ》るだけでは見えなかったことだ。

もともと新曲としてシングルカットされるのは尖った個性的な曲がほとんどで、テレビの視聴者にとっては、そのイメージが強い。でも、アルバム全体を通して聴けば、アイドルらしいかわいらしい曲もそれなりにあり、メンバー数人で歌う曲もソロ曲もある。こんな平凡な歌を彼女たちが歌う必要はあるのか、などと物足りなく感じたりもするが、ライブではこれらの曲のおかげで××以外のメンバーの魅力がよくわかる。

テレビでは、どうしても××がピンポイントで抜かれがちだが、ライブだと、彼女たち一人一人にスポットが当たる。

××以外は脇役でしかないという心ない言葉もネットには散見されるが、こうして全体を通して彼女たちを見る機会に恵まれてみると、そういう言葉が心底馬鹿馬鹿しくなってくる。

アイドルらしくない曲、アイドルらしい曲、そんな分類など野暮だとでもいうように、彼女たちは二つの世界観を器用に行き来し、会場を二分する五十メートルもの花道を満面の笑みを浮かべ、何度も走り抜けた。

ころころと変わる彼女たちの表情と動きは、自由で、不敵だった。

その中でただ一人、××だけが終始一度も笑みを見せなかった。

笑顔のほうがむしろ自然に見える歌でも、ミュージックビデオでは白い歯を見せていた歌でも硬い表情を崩さず、その頑《かたく》なな様子は、ほかのメンバーの器用さの中だと、不器用、という言葉に敬子の頭の中で変換された。

××は長い花道を行き帰りするときも、ファンサービスをしなかった。ただ長い道のりを手持ち無沙汰《ぶさた》で移動している。照れ隠しなのか、髪をしきりにかき上げながら。その分、彼女の個性に合った尖った曲にのめり込んでいるようで、そういうときは彼女という人に無理なくピントが合い、そのパフォーマンスは鬼気迫った。

今、彼女はこっち側の世界にいたいのだ。こっちにチャンネルが合ってるんだ。

敬子にはそう伝わってきた。それは会場にも伝わっていた。

激しいパフォーマンスが終わり、休憩タイムに入ると、ＭＣを担当しているメンバーが、「はーい、みなさーん、楽しんでますかー？」と声を張り上げ、観客がうおーと応える。

彼女はＭＣに入る前、しばらくぜえぜえと荒い息を抑えられず、「すみません」と何度か小さな声で謝った。口パクのくせにと嘲笑《あざわら》うように批判する人たちに、彼女の今の様子を敬子は見せたかった。そのまま彼女たちは覇気《はき》のない舌ったらずの話し方で、どうでも良さそうな言葉遊びのゲームをはじめたが、敬子は泣きそうになった。

さっきまでのパフォーマンスが嘘のように、まるで憑き物が落ちたかのように、彼女たちはへらへらゲームをしているが、その一言一言に観客は沸き、声援を飛ばす。

そして、××は案の定、会話にもゲームにも参加しなかった。横に一列に並んだメンバーたちの間に挟まり、ずっと下を向いたままだ。時々、左右にいるメンバーに小さな声で何事か話しかけているのはわかったが、マイクを通して客席に向かって呼びかけることはない。ＭＣの間、××は一度もスクリーンに映らなかった。

アイドルグループの中心人物、いわゆるセンターが一言も話さず、悪くいえば、楽曲の選り好みをしている。

端的にいえば、そういう事態だった。

面白いのは、それでも悪い雰囲気ではなかったことだ。

メンバーの間には、適材適所というような、わかったわかった、こっちは任せろ、という割り切った感じがあった。その感じが、女子校みたいで、敬子は女子校出身ではなかったが、女子校みたいだと思った。

こんな学校が本当にあったらいいのに。

敬子はうっとりした。

今のアイドルの構造の中の彼女たちではなくて、そこから切り離された、純粋に目の前に立っている彼女たちだけの学校が。

合わせない××を、異物、にしないメンバーたちの態度は今っぽくて、泰然としていて、穏やかだった。それよりそれぞれが自分のするべきことに集中していた。

その雰囲気は、観客にも共有されていた。会場中が××の振る舞いに納得していたし、そういう××の魅力をわかっていた。グループのいびつさを、いびつなまま愛していた。

これが今現在、日本で絶大な人気を誇るアイドルグループの姿であることに、敬子は感銘を受けた。あんなにも気になっていた、プロデューサーであるあの男の存在を、ライブの間に思い出すこともなかった。そこには女の子たちの楽園があるだけだった。

駅構内のレストラン街にあるチェーン店のうどん屋で夕飯を食べて時間調節をし、ライブ終わりの電車の混雑を避けた敬子は、ほどよく混んだ電車に揺られた。外はもうすっかり暮れている。

ライブ帰りの人たちの服装のおかげで、いつもより少し華やかな車内では、同じように時間をずらした女の子たちが、ライブ会場で手に入れたグッズを抱え、かわいかったね、楽しかったね、と感動冷めやらぬ様子で感想を語り合っている。小さな声で。

その様子を見て敬子はライブ中に気づいたあることを思い出した。

会場には女性の姿がたくさん見えたのに、いざライブがはじまると、聞こえてくる歓声が男性一色だったのだ。

大きな、太い声にかき消されたのか、もともと小さな声しか出していなかったのか。

後者のような気がした。

二階席の敬子の並びの端には、高校生くらいの女の子が二人座っていた。

ライブがはじまると、その二人は感極まったように両手のペンライトをぶんぶん振り、ステージに向けて一心に目を凝らした。大きな歓声を上げることはなかったが、時々、歌に合わせて唇をわかるかわからないかくらいに動かしていた。その静かで思いつめた様子は心に残った。

敬子たちのブロックの一列目には大学生だろうと思われる青年がいたが、彼は気がはやるらしく一度も席に座らず、はじめから終わりまで立ちっぱなしで、盛大な歓声を飛ばしまくり、メンバーたちのおしゃべりやゲームに一つ一つ大きな声で突っ込んでいた。一人で来ていた彼は、終演後、リュックを背負うと、任務終了とでもいうような迷いない、清々しい足取りで去っていった。

あの女の子たちとあの青年は、同じくらい楽しんでいた。それは確かだった。ただ、アウトプットの仕方がまるで違った。そのことが敬子にはとても印象的だった。もちろんライブの種類や場所によっては、女性たちも思う存分声を出すだろうし、今日のライブも別にそれは可能ではあるように敬子には思えた。でも、彼女たちにはそうじゃなかった。

もしかしたら、普段の彼女たちの声の小ささは、防御壁なのかもしれなかった。大人たちに、男たちに見つからないように、付け入る隙《すき》を与えないように、小さな声で自分自身を、自分たちの世界を守っているのだ。女性が大きな声を出すと、必要以上に周囲の目に留まり、苦々しい表情で注意されることも少なくない。そんなこと、女なら誰でも知っている。女が楽しんでいると、後ろ指をさされることを。

小さな声の彼女たちは、大きな声の人たちと同じくらい楽しんでいる。生きている。もしくは、大きな声を出しても、自分を発散させても安全な場所を熟知しているのだ。

隠れて楽しむ。

それは女性たちがはるか昔からやっていたことだ。

電車が停車し、グッズを抱えた女の子たちが降りた。

人が減るごとに、車内の祭りの雰囲気が少しずつ薄まっていく。敬子の駅まではあと三駅だ。

これまで平凡だと思っていた曲も、実際に××たちのパフォーマンスを見た後だと、思い入れが全然違う。さっきライブで体感したばかりの楽曲をイヤフォンで聴きながら、敬子はＳＮＳを開き、ライブの感想を検索してみる。

ハイテンションな感想コメントの合間に、何食わぬ顔をしてシミ取り化粧品の広告が流れていく。

シミが目立つ老いた女性の顔が、「Before」として表示される。ホラー漫画のおどろおどろしいセリフのような、劇的な字体付きで。「After」はすっかり別人の、年齢も若い真っ白な顔をした女性だ。将来シミや皺ができることばかり、老化することばかり、まるでホラーのように女性たちに教えて怯《おび》えさせるけれど、ほかに教えることはないのだろうか。もっとホラーなことが、この社会にはたくさんあるだろうに。

このストレスを、この抑圧を感じていない状況が敬子にはもう想像できない。この社会の中で生きすぎたから。

でもそうじゃない状態、もっと社会が整備された環境で暮らしている違う国の女性たちもいる。それもうまく想像できない。あまりにも遠いから。実感がないから。いい世界を、少しも自分と結びつけて考えることができない。それどころか、これがいい世界なのだと、「おじさん」に押し切られ続けている。日本の女性はずっとそういう状態なんじゃないか。

美穂子とエマの生活が頭に浮かぶ。美穂子は日本にいた頃が嘘のように伸び伸びとして、外で人種差別にあっても、いきいきと怒っていた。

二人のいきつけの、台湾人のオーナーが経営しているカフェで働く日本人女性はこう言っていた。

ワーキングビザでここに来た。なんとしても恋人か、長期で雇用してくれる仕事を見つけてみせる。絶対に日本に帰りたくないから。

もしこの場所がもっと違ったら、もっと対策がちゃんと取られていたら、今のように耐えたり諦めたり、声を出したり出せなかったり、抗ったり闘ったりしている時間を、日本の女性たちはどう過ごしていただろう。ストレスや悲しみや怒りや諦念のかわりに何を感じていただろう。それが本当に想像できない。

魂は減る。

敬子がそう気づいたのはいつの頃だったか。

魂は疲れるし、魂は減る。

魂は永遠にチャージされているものじゃない。理不尽なことや、うまくいかないことがあるたびに、魂は減る。魂は生きていると減る。だから私たちは、魂を持続させて、長持ちさせて生きていかなくてはいけない。そのために趣味や推しをつくるのだ。

三十年以上生きてきた敬子はもう自分の魂は、どれだけ満タンにチャージしても、残り「82％」ぐらいなんじゃないかと感じる。さっきの××たちのライブでだいぶ充電されたけれど、それでももう「100％」には戻れない。一体人生のどの段階まで、敬子の充電は

「100％」だったのか。

そう考えるとあまりにも希望がなくて、敬子はこんな風に想像してきた。

私は私の魂が死なないように、どこかに預けたんじゃないか。

そう考えると、失われた「18％」のことが恐ろしくなくなる。

敬子は本当にしゃれにならない事態になる前に、残量メーターが赤く表示される前に、「18％」をある場所に預けた。

その場所は、敬子の魂が、日本の女性たちの魂が少女となって、自由に生きることのできる緑の楽園だ。そこで少女たちが生きている限り、敬子たちの魂は死なない。その「18％」の保険があるから、現実を生きていくことができる。

××たちの存在を知ってから、敬子の想像の楽園の少女たちは、××たちと重なるようになった。今では敬子の魂は、××たちの姿をし、草原を笑いながら駆け抜ける。

だから、見届けなくてはならない。××たちに何も問題が起こっていないか。健やかに暮らしているか。ちゃんとキャッチしなければならない。昔読んだ小説の中の青年が、ライ麦畑でそうしたかったように。なにしろ、彼女たちは自分の魂なのだから。

ステージ上で適当なゲームに興じるだけではなく、経験者数名で突然バレーボールをはじめたり、五十メートルの花道で短距離走をしたりしていたさっきの彼女たちは、ライブ会場を本当に女子校に変えてしまったみたいだった。反芻《はんすう》して、敬子はおかしくなる。イヤフォンから、彼女たちの歌声が途絶えることなく聴こえている。

次は、香川さんを誘ってみよう。

敬子は思い、目を閉じる。

＊

わたしたちはバレーボールを楽しんだ。

グループ発表も成功し、「女子高生になってみる」週間も無事に終わり、みんなすっかり解放感に溢れていた。

年齢的に、そして性別的に、かつてだったら、わたしたちは「女子高生」と分類されていたらしい。

体験型学習として、すたれた伝統に倣ってみるのも意義深いだろうということで、わたしたちは一週間の間、「女子高生」として過ごした。

実際、ある国では、歴史で学ぶ時代や人物に合わせて、「コスプレ」をして授業を受ける教育を取り入れていたこともあったらしい。そのほうが、楽しく、臨場感を持って学べたからだ。

どこから出してきたのか、配布された埃くさい「制服」は、ブレザーやスカートの生地がごわごわしていて着心地が悪いし、スカートでなければいけない必然性が感じられなかった。ブレザーを着て腕を伸ばしてみたり、ぶんぶん振り回したりしてみたが、ひきつれる感じがして、不快だと思った。

　これが「制服」か。

　わたしたちは、「制服」を着た自分たちの姿を見回した。

　誰もが微妙な表情を浮かべていた。

　以前、「着物」や「浴衣《ゆかた》」を着る機会があったときでさえ、こんな困惑はしなかった。

「制服」は、一度は純粋に「制服」であったときもあったはずだ。しかし、それはやがて勝手に意味を押し付けられ、手垢《てあか》にまみれた。いつから「制服」は「制服」ではなくなったのか。

　これを強制的に着せられ、毎日学校に通っていた「女子高生」の気持ちをわたしたちは想像してみた。

　かわいそう。

　真っ先に頭に浮かんだのがそれだった。

　不自由でかわいそう。

　気になったのは、単に着心地のことだけではない。わたしたちは、歴史的に「女子高生」の「制服」がどういう意味を持っていたのか、すでに学んでいた。

「女子高生」、そして彼女たちの「制服」は、性的なものとして考えられていた。

はじめてそう習ったとき、わたしたちは驚きで言葉を失った。重い沈黙がわたしたちの間にあった。

たとえば、わたしたちが今ただこうしているだけで、道を歩いたりしているだけで、性的な存在とされるなんて、普通に考えて意味が通らない。理解できない。

歴史には、戦争や侵略など恐ろしい出来事がちりばめられていて、その恐ろしい出来事には常に性的に搾取される女性たちの存在が付き物だった。

でも、この「女子高生」の時代に、日本では戦争は行われていなかったはずだ。

それでも「女子高生」と彼女たちの「制服」は、性的なものとして捉えられ、搾取されていたらしい。性的搾取が日常化していた。つまり、その時代は、恐ろしい時代だったってことだ。

不思議なのは、恐ろしい時代であることを、人々が極力気づかないようにして暮らしていた気配があることだ。彼らは何にそんなに怯えていたのか。あまりにも不可解なので、記録には残されていない、見えない戦争があったのかもしれないと、わたしたちはその不可解さを心に留めた。もう少し、調べてみる必要がある。

「制服」を身につけたわたしたちは歴史の重みに少しばかりの畏《い》怖《ふ》を抱き、自分たちの姿に怯えに近いものを感じたが、持ち前の好奇心と探究心とを持って、課題に取り組むことにした。

わたしたちはアーカイブでこれまでに得た「女子高生」や時代の情報をフル稼働させて、わたしたちなりの「女子高生」をつくり上げた。

わたしたちのグループは、お互いを、

チヨ

ミカ

フミコ

ユキエ

アカネ

と呼び合うことにした。「女子高生」らしい名前に違いないと思ったからだ。

でも、なにぶん慣れていないので、何度も呼び間違えたし、自分に割り当てられた名前をうっかり忘れてしまったりした。

名前って不思議だ。

そもそも、わたしたちは、名前は自分でつけていいし、好きなタイミングで変更していいことになっていた。

名前は別になくてもよかった。

かつては必須だったという名字は廃止されていた。

一説によると、名字は、「おじさん」と結びついてきたものだからだそうだ。

女性の旧姓というものについてもわたしたちは学んでいたが、それも結局「おじさん」のものだから、どちらにしても「おじさん」に属することになる。日本の女性はほとんどの場合、婚姻の際に自分の名字を失ったが、それまで保有していた名字も、厳密に言えば、女性のものではなかった。女性には、女性だけの名字がなかった。

　びっくりしたのは、子どもの名前を、産んだ女性じゃなくて、その家系のえらい「おじさん」が名付けることも少なくなかったことだ。「おじさん」は産んでいないのに。「おじさん」は産む能力を持っていなかったのに。どうして何もしていない「おじさん」がしゃしゃり出てくるのが普通のこととして、受け入れられていたんだろう。

（この時代を調べると、何らかの原因で子どもを産むことのできない女性を、産めない体としてないがしろにしたとも言われている。でも、そもそも産めない体は「おじさん」のほうだ）

「祖父がつけた名前がずっとしっくりこなかった。祖母や母がつけた名前だったらこうなっていただろうかと時々考えてしまう。そうだったら、自分の名前をもっと好きになれていたかも」

このことについて学んだとき、「先生」は語り継がれてきたというある女性の言葉をわたしたちに教えてくれた。

それが関係するのかどうなのか、わたしたちは名前に関しては、好きにしていいことになっている。

最終的に、わたしたちのグループは課題をなんとかやり遂げたし、××への理解も深まったように感じられた。

発表で褒められたわたしたちは、

「えらい」

「えらい」

「えらい」

「えらい」

と、お互いを飽きることなく褒め称えた。真顔で言うのがポイントだった。

今回の課題に取り組むうえで「女子高生」について調べるのは避けて通れないことだった。そして、「女子高生」は自尊心が低くなるよう教育されていたのだという、胸が痛くなるような事実を知るに至ったので、今この瞬間は「女子高生」であるわたしたちは、意地のように「えらい」「えらい」と繰り返した。そうしていると、なんだか目頭が熱くなってきた。

わたしたちも生まれる時代が違えば、「女子高生」になっていたのだ。そう考えると、足元がぐらつくような心地がした。

そして、「制服」が回収された。

チヨ

ミカ

フミコ

ユキエ

アカネ

から解放されたわたしたちは、しばらくは名無しの気分だねと言い合い、「女子高生になってみる」週間最終日のアクティビティであるバレーボールの最中も、名前を呼び合わずに黙々とこなす戦法を選んだ。四方から聞こえてくる荒い息遣いが、わたしたちの確かな存在証明だった。ストイックな雰囲気にぞくぞくした。

けれど、だんだんと熱くなってきたわたしたちは、黙っていることに我慢ができなくなり、お互いのナイスプレーには、賛辞の言葉を浴びせまくることにした。

　また自然と、

「えらい」

「えらい」

「えらい」

「えらい」

「えらい」

と声をかけ合っているわたしたちがいた。まるで「女子高生」についてリサーチしている間に感じた理不尽さを、悲しみを、振り払おうとしているみたいだった。あと、くやしさを。そう、わたしたちは、くやしかったのだ。「女子高生」がこんな目に遭っていたことが。

　相手グループはどういう趣向か、

「そなた！」

「頼んだ、貴様！」

「わらわに任せて！」

「朕《ちん》もサーブ打ちたい！」

などと叫びながら、プレーしていた。それも楽しそうだった。

ゲームは、僅差《きんさ》で相手チームの勝利に終わった。

でも、わたしたちの気分は爽快だった。

チヨ

ミカ

フミコ

ユキエ

アカネ

ではなくなったわたしたちは、一週間使っていた自分たちの名前もすっかり忘れてしまっていて、名前のないわたしたちは、これからどんな名前をつけてもいいわたしたちは、お互いにもたれかかるように倒れこみ、首元を流れる汗を心地よく感じていた。

ネットショッピングをしているとままあることだが、そもそもの目的をとうに忘れて膨大な商品の海をさまよっていた歩の目の前にその日偶然現れたのが、ピンク色のスタンガンだった。

＊

数千円で手に入るピンク色の安全。

液晶画面を凝視し、自分に必要だったのはこれだ、これだったんだ、と直感した彼女は、カートからレジへと直行した。

女性だからピンク色、といういかにも「おじさん」が考えそうな安直な配色センスには普段から眉をひそめることも多かったが、ピンク色のスタンガンにはどこか意表をつく面白さがあったし、逆になんのひねりもないガチでしかない黒色よりは、断然手に取りやすいように思った。

買う！

もう人生で何百回目かの決済ボタンを押しながら、自分が常に武器を求めていたことに歩は思い至った。

制服のせいでこんな目に遭うのなら、制服なんてクソだ。

香川歩は何度そう思ったことか。満員電車で痴漢から身を守る、という切実かつ過酷なミッションを遂行しなければ「平和な学び舎《や》」に通うことさえできない毎日を送っていた十代の彼女は、制服を呪っていた。

明らかに、制服は、相手をナメていい、触っていい、という目印になっていた。狙われるとわかっているままの外見を保って生き延びることがほとんど不可能に近いことは、進化の歴史を紐解《ひもと》くまでもない。なのに、女の子たちは、それを強制されていた。

制服を着た女の子に目を留めると静かに目を光らせ、車内の人混みに体を押し込み少しでも近くに陣取ろうとする「おじさん」、そして押し付けられる「おじさん」の体のパーツ。スカートになすりつけられた精液。

彼らの醜悪な勇姿は、歩の目に、体に焼きついた。そんな経験を経てしまうと、これから先の人生ずっと、「おじさん」をにくむくらいわけはなかった。むしろにくみ足りないくらいだ。「おじさん」を避けようとすれば遅刻になり、痴漢に及んだ「おじさん」を声を上げて糾弾《きゅうだん》すれば「迷惑」となり、女子高生の日常は、どう転んでも負けが込んでいた。

その「負け」が、心と体の死にもつながっているというのに。

　けれど、高校を卒業し、同時に制服からも解放されたはずの歩は、新たな制服に自分は手を通しただけなのだと、じきに気づくことになった。

　日本社会は、常に女性に制服を課しているようなものだった。女性に「望ましい」とされる服装とメイクが社会通念として存在し、それが人生のどの段階に進んでも、彼女たちを縛った。その基準に倣っていないときでも、心のどこかで、自分が基準から外れていることを意識してしまうくらいに。女性のためにあるはずの女性誌でさえ、女性を縛った。「望ましい」の枠外に出ることはもちろん自由だったが、その自由には名前があり、ただ大目に見られているだけだった。「まだ若いから奇抜なファッションを楽しんでいられる一過性の時期」だとか「女を捨てたもう終わりの時期」だとか。

　二十代に突入した歩は、「望ましい」だけで構成されたリクルートファッションに身を包んだ自分の体を、面接のあった会社のトイレの鏡で見て、こうやって生きていくのは限界かもしれない、と考えた。

　白いシャツの澄ました襟《えり》も、腰とお尻が妙にシェイプされたレディーススーツも、後ろで一つにくくった黒髪も、前髪も、ストッキングも、低いヒールのパンプスも、無理の集合体だった。自分のその姿をしげしげと見て、歩は思った。

うん、無理だな。

その後、「望ましい」はずの格好をしていたのに、面接に落ち続けたことをいい風に受け止めると、歩は派遣会社に登録し、非正規の道を歩きはじめた。これもまた基準から外れたことだと意識しながら。それとも、女が働こうとしていること自体が、基準から外れているのだろうか。

こうして歩は社会に出たのだが、社会に出ても、すべてはナメられまくった高校時代のバリエーションに過ぎない。

身長一四九センチの香川歩は、もともとナメられやすい外見をしていた。この日本社会でナメられやすい外見をしているとどうなるか、歩は身を以《もっ》て学んだ。学校の制服を着ていなかったとしても、今度は、会社勤めの女性らしい服装という制服を着るようになった歩は、相変わらず混雑した電車に乗ると警戒したし、夜道は彼女の味方ではなかった。それに、どうしたって、女性という制服は脱げない。

一見、御《ぎょ》しやすそうに見えるせいか、歩は男たちから勝手な好意を寄せられることも少なくなかったが、寄ってきたと察知するやいなや、彼女はあらゆる言葉と行動で、相手のファンタジーを粉砕することに努めた。どの年齢の彼らも、おしゃべりで、声が大きくて、対等に話そうとしてくる女をなぜか忌み嫌っていたので、ある意味簡単ではあった。寄ってきた男たちが引き潮のように引いていく瞬間は、今、何時何分です、とはっきりデータに取れるほど明白で、歩はそのたびに確かな手応えを感じた。

それでも、歩は非力だった。

どうして私の親は私に殺しのテクニックを叩き込んでくれなかったんだろう。

本当はレディースデイに一人で観たかったのに、断りきれず知り合いレベルの男と一緒に観るはめになった映画の最中、横から伸びてきた、歩の手をとろうとする筋張った手をすっと避けながら、歩は思った。

大きなスクリーンの中では、プロの殺し屋である父に英才教育を受けた女の子が、自らも殺し屋として敵のアジトに一人乗り込み、立派な復讐を遂げている。その技術が、反射神経が、修練に培《つちか》われた自信が、歩は羨ましかった。

私も少なくとも、柔道や合気道を習っておくべきだったのではないか。

わりと本気で歩は後悔していた。なぜ幼い頃の私は、近所のピアノ教室にふわふわと通って、バイエルをやっていたのか。学びたかったのは、殺しのバイエルだったのに。あまりにも非力なまま、私は社会に放り込まれてしまった。誰も守ってくれない世界に。

注文後、すぐに届いたピンク色のスタンガンは、それ以来、歩と行動をともにしている。

本当に使うときが来るとは、彼女自身も想像していなかった。それはお守りのようなものだった、日常を生きていくための。

誰もが疲れた様子の夜の電車の中で、これは武器になりそうだと、歩は乗り合わせた人々の持ち物を、ぼんやりと見つめてしまうことがあった。

あの年配の女性が身につけているピエロの形をしたブローチは、いざとなったらピンの部分で刺せる。

あのパンクっぽい女の子がしているゴツゴツした指輪は、いざとなったら殴れる。

あのハイヒールは、尖ったつま先もヒール部分も、刺せる。

あの重そうなバーキンバッグは、盾になるし、投げつけても効果がありそうだ。

これも、あれも、武器になる。

いざとなったら、みんな何か戦えそうな物を持っている。

そう考えると、なぜだか歩はホッとしたが、自分たちが弱いままでは安全に生きていけないことが悲しくもあった。

そして、チェーンソーや斧《おの》を振り回して、「おじさん」の大群を撃退する女子高生たちの姿を思い浮かべた。こんな風に高校時代を送れれば、どんなにかよかっただろう。

けれど、武器を持った制服の少女たちの戦う姿がアニメのイラスト、人体としてあり得ないほど大きい胸に細すぎるウエストと手足を持ち、極限まで短いスカートのすらっとした制服姿の女の子、で一瞬頭に浮かんでしまった歩は、すでにもうこの日本社会の立派な一員なのかもしれなかった。

＊

女の子の体ってエロいな。

ノートパソコンの画面の中で縦横無尽に飛び回り、敵を撃退しているアニメの魔法少女をしげしげと眺めながら、前にいつ掃除したんだか覚えてもいない床にあぐらをかいた宇波真奈《まな》は、猫背で夕飯を掻き込む。ＳＮＳでレシピを知ったカルボナーラうどんとかいう時短料理で、電子レンジだけでできるのがありがたい。仕事から帰って、趣味に費やせる時間は限られている。お茶を沸かすことさえ面倒で、部屋には空になったペットボトルがいたるところに転がっていた。

普段はドジっ子女子高生の主人公は、同時にステージで歓声を浴びる大人気アイドル。しかしてその実体は、地球の平和を守る魔法少女なのである。

相変わらず、要素多いし。

マルチタスクでひたすら忙しそうな水色の髪の魔法少女を、疲れた目で真奈は見つめる。

魚が死んだような目って、今の私の目をいうんじゃないか。

昔、何かの雑誌で偶然読んだ有名な男性アーティストのエッセイを、真奈は時々、思い出す。いい作品を見つめるときの僕は子犬のような瞳をしている、とかなんとか書いてあった。何かに夢中になっている自分の目を「子犬のような瞳」と形容できる、その四十代以上に違いない芸術家が、あまりに無邪気で驚いたので、なんだか忘れられなかった。

彼女の実感でいえば、こうやって自分の部屋でたった一人、誰に気兼ねすることなく大好きなアニメを見ているときの目は、死んでいる魚くらいがぴったりだった。画面の魔法少女だけが、真奈の死んだ目を受け入れてくれる。外の世界でもそうやって生きていきたいのに、なかなかそうもいかない「死んだ目」。真奈は死んだ目をしているときに一番生きていると感じる。

制服またはアイドルの衣装→裸→魔法少女の戦闘服、といういつものくるくる回転変身シーンが映し出される。

変身後の戦闘服は、制服を模してあるが、股間まで露わになるスカートの丈はもうスカートと呼べないほど短いし（なんて呼べばいいんだあれは）、ブラウスの丈も胸の下ぎりぎりだ。豊満な胸、細いウエストに足。魔法少女が動くたびに下着がちらつく。敵の攻撃を受けると、ただでさえ面積が少ないというのに、布がビリビリと破れ、さらに肌が露出する。

アニメのこんな場面は、小さな頃からもう何百回と目にしている。形骸化されたお約束といっていい。小学生の頃は変身の途中で女の子が裸になったり、揺れるスカートから下着が見えたりするたびに、本当に見てもいいのかなとドキドキしたものだけど、なにしろテレビでやっているのだから、これは見てもいい普通のことなのだろう。真奈はいつしかすっかり慣れて、いちいち考えなくなった。

今、アニメの女の子の体は真奈を安心させてくれる。

ここに体がある。

真奈がどれだけ凝視しても、搾取しても、辱《はずかし》めても、動じない体が。つくりものの感情以外の感情を持っていない体が。決して傷つかない心と体が。

「ごめん、金曜日の夜は敬子さんとライブ行くんだよね。ごはんは来週でもいい？　あのタコスの店がいいかな？　ひさしぶりにパクチーナイトでもいいけど。フォー食べたい」

職場で向かいに座っている香川さんが小林《こばやし》さんと話していたのは、週のはじまりのことだ。

「え、待って、なんのライブ？」

ライブというなら一家言ありますというような勢いで、小林さんが身を乗り出す。

「××のグループの。最近人気あんじゃん」

「え、アイドルグループか」

時々香川さんのデスクまで話しにやってくる小林さんは、会話の最初に「え、」とつけるオタク特有の癖があり、その癖は真奈にもあるので、わかる、といつも内心思いながら、二人の話を聞いている。

「うん、敬子さんがはまってるんだよね」

言いながら、香川さんは横を通り過ぎた男の人の後ろ姿を見て、とてもこわい顔をした。

「え、意外。敬子さんて、前にここで働いてた人だよね。もっと落ち着いた感じの人かと思ってた」

「一目惚れしたんだってさ。てか、その瞬間、私その場にいたんだけど。ほんと〝人が恋に落ちる瞬間をはじめてみてしまった〟って感じだったよ」

「え、ハチクロ、懐《なつ》かし。でも、それって典型的なオタクのはじまりだよね。自分もそうだったなあ」

とオフィスの片隅で小林さんは芝居がかった遠い目をしはじめた。香川さんが笑い出すと、小林さんはぱっと真面目な顔に戻って、先を続ける。

「推しジャンルは違えど、でもわかる。アイドルの女の子たち見てると、なんか元気になるよね。エネルギッシュで」

「うん、わかる。一生懸命で、キラキラしてて、目が離せなくなる」

目の前で入力作業をしている私が、かつてアイドルだったことを知ったら、二人は驚くだろうか。

真奈は、手を止めずに思う。

しかも、××が所属しているのと同じ系列グループにいたと知ったら。

現在二十四歳の宇波真奈は、十七歳で「卒業」するまでの四年間、アイドルをしていた。

四年間。

短くはない年月だ。

それでも、今、真奈が元アイドルだと気づく人はいない。

漢字を変えたり、ひらがなにしたりすることは許されたが、系列グループは原則として、アイドルになった女の子に本名を使うことを求めた。そのほうが、「会いにいけるアイドル」というグループのコンセプトにも合い、親しみやすいと考えたのだろう。女の子たちは、「芸名」という身を守るシールドの一つを、はなから持たせてもらえなかった。

でも、そのときの真奈は、そんなことを思いもしなかった。名字がもともと強そうだからひらがなの「まな」のほうが柔らかい字面で印象に残るかもしれない、と最終オーディションを通過し期待に胸を膨らませた真奈は、大喜びしてくれた母親と相談して、「熊野《くまの》まな」と名乗ることにした。

アイドル活動がはじまってからは、自分のキャラクターを印象づけるために、かわいらしいくまのイラストを練習し、サインには必ずそのイラストを添えた。くまのぬいぐるみやグッズでいっぱいにした部屋が映り込むようにして、日夜自撮りに励んだ。

十六歳の秋、両親が離婚し、真奈は母親の旧姓に戻ったが、キャラが定着してきたところでもあったので、アイドル活動中は「熊野まな」という名前を使い続けた。

それが、「卒業」後の彼女を救うことになった。母親の旧姓のほうが珍しかったこともあり、今となっては、宇波真奈という名前から、彼女がアイドルだったことにピンとくる人は皆無に等しい。同僚や同級生のことだってネットで検索する時代だ。アイドルをやめてから出会った人たちが検索したとしても、「宇波真奈」の情報は載っていない。アイドル時代のブログ更新地獄を経験した彼女は、ＳＮＳ関連はもっぱら見る側だ。

何より、熊野まなに人気がなかった。それに尽きた。

常時変動はありつつも、各地、そして海外にも点在する系列アイドルグループすべてのメンバーを含めると、八百人に近いアイドルが所属していた。メンバーが少ないグループでさえ、一クラス分の生徒数は優にいた。そのなかで、目立つこと、すなわち「売れる」ことがどれだけ難しいかは、オーディションを受ける前からわかっていたつもりだった。

それよりも、自分がアイドルであることが真奈はうれしかった。

私はアイドル。

センターに抜擢《ばってき》されることがなくても、テレビに全然映らなくても、握手会でほかのメンバーにできる列のほうが長かったとしても、それはゆるぎのない事実だった。アイドルになりたい、という以上の夢をもともと持っておらず、その夢を果たしてしまった真奈は、それで十分満足していた。センターで歌っている売れっ子のメンバーと同じ衣装を着て、同じ振り付けで踊っている自分のことが誇らしかった。

人数が多いんだから仕方ないよね。

自分が売れていなくても、このアイドルグループの形態が、格好の言い訳となった。現状に疑問を持たなければ、真奈はずっとアイドルでいられた。大人気グループのアイドルで。

それに、余計なことを考えている余裕のないほど忙しかった。真奈が所属していたグループ群は、ちゃんと訓練を受けたことのない女の子たちをデビューさせている、まるで学芸会のようだと世間に揶揄されることが多かったけれど、じゃあなんで所詮は学芸会をやっているはずの自分たちはこんなに毎日練習や公演でへとへとなんだろう。学芸会はこんなにハードで必死なものだろうか。

見なければよかったのか、今でも真奈はわからない。知らないままならば、ずっとアイドルでいられたのか。その日は突然訪れた。

　リンクだった。

たかがリンク一つ。ただの数字と記号の羅列。でも、それは真奈のアイドルとしての未来を破壊した。

熊野まなの公式ブログ、最新の投稿がアップされたコメント欄に、そのリンクは何食わぬ様子で出現した。

　差し入れでもらったなめらかプリンを頬張る自分の写真に添えた短い感想。おいし～、とかそんな感じ。プラスいくつかの絵文字。ひねりもなにもない。いつも通り、当たり障りのない投稿だった。

まななんと好きなデザートが一緒でうれしいなぁ

今日もカワイイぞ

ちょっと太った？

まななんおつかれ～

目の下のくまやばくね

書き込まれたコメントの間にそっと差し込まれるようにそれはあった。

容姿に対するコメントにはすでに慣れていた。いや、今思えば、慣れているふりをしていた。褒められてもけなされても心配されても、善意でも悪意でも、容姿にまつわるコメントである時点で、すべて同じ響きを持って真奈に届いた。アイドルとは見られる対象であり、熊野まなはアイドルなのだから、これくらい受けとめられなくてどうする。

むしろ、ありがたい。ファンの人たちのコメントはありがたい。

アクセス数、コメント数、投票数。今やアイドルの人気は、数字で表されるようになった。数字を最も多く集めたアイドルが勝利を収めるのだ。

もっとファンのみんなにコメントを書き込んでもらえるようにならなければ。そのためにもっとかわいくならなくては。引き出しを増やして、なんでもできるようにならなければ。

笑ってしまうけど、当時の真奈は彼女なりに必死だったのだ。

悪意のあるコメントやスパムはスタッフがそのつど消去してくれていたし、真奈だって常に警戒していた。ときに不特定多数に傷つけられる仕事であることはもうわかっていたからだ。

なのに、甘かった。

どうしてそのリンクを押してしまったのか、真奈は今でもわからない。疲れていて警戒心が薄れていたのか、何か良いことがあって気が大きくなっていたのか、何気ない気持ちだったのか。真奈はただ甘かったのだ。この世界に対する認識が甘かった。

現れたのは、文字だった。黒い画面にいっぱいの白い文字。なんだか禍々《まがまが》しい字体にこの配色の時点で、怪しいと引き返すことだってできたはずだった。

でも、真奈の目はすでに読みはじめてしまった。目にしたものを、読んでしまったものを忘れるのはこんなにも難しいことだったんだと、真奈は今も驚き続けている。

それは物語だった。少女とある男との恋愛が、一人称で語られていた。「ぼく」がストーカーに襲われそうになっている少女を助けたことで、恋がはじまる。

少女の名前は熊野まな。孤高のアイドルである少女は、「ぼく」と出会って、はじめて救われたと涙を流す。これまで誰もわたしのことを理解してくれなかった、あなた以外誰一人。わたしはずっとひとりぼっちだったの。そうやって、熊野まなは「ぼく」に心と体を委《ゆだ》ねていく。

作者は、劇場公演や握手会に足を運んでいる熱心なファンの一人なのか、テレビや雑誌に掲載されることの少ない真奈の体をよく知っていた。

ガリガリに近い脚に比べて、妙に肉付きのいい上腕。左の脇の下にある大きなホクロ。

外側に反り気味の薬指。

真奈の体の特徴は、二人の親密さを表す効果的な記号として、主にセックスの場面で活躍していた。二人の「初体験」では、「ぼく」によって優しく外された白のレースのブラジャーに、実際の真奈のカップ数が正確に書き込まれてさえいた。熊野まなの胸を「ぼく」は優しく包み込むと、淡い桜貝のようなピンク色をした乳首を口に含む。まなの乳首はすぐにきゅっと固くなる。

熊野まなは「ぼく」に愛され、悶《もだ》え、喘《あえ》ぎ、潮を吹いた。

作者は、真奈自身でさえ見たことのない彼女の小さな性器の外側と内側を執拗《しつよう》に描写し、「ぼく」の硬くなった性器がいかに歓喜を持って受け入れられたかを綴っていた。まなの小さな口には収まらないほど大きな「ぼく」の性器は、何度も白い液体をまなの中に注ぎ込み、彼女の薄っぺらいお腹はやがて膨らんでいく。「ぼく」とまなは柔らかなお腹に手を添えて、微笑み合う。陳腐に次ぐ陳腐。

今の真奈なら、アダルト動画鵜呑《うの》みにして好き勝手書いてんじゃねえよ、と笑い飛ばすこともできたかもしれない。そんな桜貝みたいな乳首した女いねえよ、絶頂の表現はマジで潮吹きしかねえのかよほか考えろよと、変なディテールに一つ一つ突っ込んでやれたかもしれない。

でも、その物語は、課せられた恋愛禁止というルールを律儀に守っていた十代の女の子に、キラキラしたアイドルの世界だけを夢見てきた世間知らずの女の子に、隠れていたこの世界のもう半分を見せてしまった。

何より、「ぼく」は四十代の男だった。

おそらく「ぼく」と同じく四十代の男であるだろう作者は、屈託《くったく》なく、何の疑問も感じてなさそうな筆致で、十代のまなと自分との恋愛小説を書き上げていた。それだけでは飽き足らず、本人が読んでくれるかもしれないという一縷《いちる》の望みを託して、リンクを書き込んだのに違いなかった。それとも、このページを発見したほかの誰かが、冗談半分で貼りつけたのかもしれない。

実際に、盗撮や悪質なストーカー被害に困っているメンバーもいるなかで、誹謗《ひぼう》中傷ともいえない、ただラブストーリーの相手役にされただけの自分が、何を訴えるというのだろう。真奈はマネージャーにもメンバーにも誰にも何も言わなかった。スタッフが巡回したのか、そのリンクはコメント欄からいつの間にか消えていた。

ただ、彼女の内側で確実に何かが損なわれた。黒いもの、としか言いようのない、どろっとしたものが、彼女の臓器一つ一つにこびりついてしまって、洗い落とすこともできない。四十代の男に「恋愛」として犯される自分の姿は、真奈の頭の中に、物語で描写された体のパーツのすみずみに染み込んでしまった。

ファンの他愛のない、無害なファンタジーだと、これも受けとめてあげればよかったのだろうか。十代の女の子が、そこまで受けとめられなければ、アイドルではいられないのだろうか。

真奈はアイドルの半分しか知らなかった。半分は、かわいい衣装を着て歌い踊り、同年代の子たちの憧れの的。もう半分は、男たちから性的に見られている存在。それでも、そんなことに気づかないふりをして、手を振り続ける。それがアイドル、ということだったのだ。

当初、真奈は乗り越えようとした。第一線で活躍している先輩たちが、この事実を知らなかったはずはないからだ。通過儀礼のように受け入れて、さらに羽ばたいていったに違いない。だから、自分もそうするのだと、この逆境をバネにするのだと、真奈はにこにこ笑い続けた。最近がんばってるね、調子いいね、とファンや劇場スタッフに褒められるくらいだった。

けれど、笑顔をつくらなければと口に意識を集中すれば、その口があの物語の中でどう使われていたか、思い出してしまう。ダンスのふりで脚を蹴り上げると、その脚の付け根の奥にあるものが、男たちにとってどういうものなのか、いやでも思い起こされた。どれも本当には起こらなかったことなのに、ただの文字だったのに、本当に起こったことのように、嫌な感触があった。

想像させた罪、はどうして犯罪にならないのだろう。

真奈は全力を出して踊ることが、自分の手足が露出する衣装を着ることが恐ろしくなった。「ファン」という名前の大人の男たちと握手することが、彼らの前に姿を晒すことが恐ろしくなった。彼らは「ぼく」なのだ。「ぼく」は、真奈のもう半分を見ている。真奈が見て欲しいほうじゃない半分を。

アイドルには人格なんてない。熊野まなには、人格はなかったはずだった。このアイドルグループは、素人っぽさを売りにして、それぞれのキャラクターを活かしているように見せていたけれど、それだって、半ばつくられたキャラクターだ。本当の意味で、人格はなかった。いや、人格を持たない存在がアイドルだと、真奈自身も信じていて、だから人格を持たないふりをしていた。バリエーションが豊富な動くお人形の一体として。真奈は既存のアイドル像をなぞっただけだった。新しいことをしようなんて、思いつきもしなかった。でも違ったのだ。真奈には人格があった。人格のある真奈がもう無理だと叫んでいた。

そこからの話は至極簡単だ。売れないアイドルが一人、めずらしくもない「卒業」をしただけ。ネットにニュースは一応載ったが、「だれこれ？」「知らない人のニュースいらないです」とお決まりのコメントがちょっとついただけ。それで終わりだ。熊野まなは世界から消えた。

もともと好きだったけれど、アイドルを「卒業」し、中退した高校の卒業資格を取るために勉強をはじめた真奈は、さらにアニメにのめり込むようになった。成人して、社会人になってからも、それがずっと続いている。

アニメは強い。

今、目の前で、長い手足や豊満な胸を晒け出して、強大な敵と戦っている魔法少女は、真奈の視線に絶対に負けない。そう思うと、真奈は安心できたし、救われた。

アニメを見ているとき、真奈は、「ぼく」と同じ視線をしている自分に時々気づかされる。その視線を持つ権利を、ファンの特権を、真奈はずっと欲していた。魔法少女の健やかな美しさを、デフォルメされた肉体を、いつまでも目に焼きつけていたかった。エロい、と無邪気にほくそ笑んでいたかった。自分に肉体があることを忘れ、見る側に徹していたかった。

アニメのエンドクレジットが流れ切ると、真奈は間髪を容れずワードファイルを開き、書きかけの物語の続きにとりかかる。

ここ数年、持て余した推しへの愛と情熱を昇華させるために、二次創作にも手を出すようになった。好きなキャラクターを主人公に、自らの思うままの物語を書き連ねていると、自分の「好き」という感情の輪郭がはっきりするし、整理される気がする。キャラクターへの理解も深まる。

あれは二次創作だったんだな。

こうなってみると、日によっては、かつて真奈のことを二次創作にした男のことも少しだけ理解できるような気もする。男にとって、真奈は生身であって、生身でなかったんだろう。それとも、相手が心を持った人間かどうかは関係なかったのかもしれない。というか、内容が内容だ。少なくとも本人の目に触れていいものじゃない。それに、心を持たないアニメのキャラクターだったら何をやってもいいというのか。ぐるぐる考えてみてもどうしようもない。とりあえず、

おっさん、マジかよ。

体の線の隠れる、ダボダボの黒いスエットの上下を着た真奈は、あぐらをかいていた脚に疲れを感じ、片膝をついて、座り直した。カルボナーラうどんは、とうに冷めている。

*

同じ体なのに、性的に見られたり、見られなかったりすることが不思議だ。

ウィーンという機械音とともに両足が大きく開かれていき、普段から股関節のストレッチをしていなければ、ちょっときついぐらいの位置で固定される。

腰のあたりぐらいまではカーテンがあり、向こう側にいる医師の姿は見えない。とはいえ、最初に短い面談の時間が設けられているので、もう顔は合わせた後だ。だから、このカーテンは果たして必要な配慮なのだろうかと、もう何度目かの検査のたびに敬子は考えてしまう。大開脚状態なのに、ここだけ取り繕《つくろ》っても仕方なくないか。医師と目が合うのも気まずいが。

医師の紺色《こんいろ》のパンツが近づいてくるのが見え、性器によくわからない器具が突っ込まれる。ひやっとした硬い感触は痛みとも呼べず、心の中でどう分類すればいいのか、戸惑う。思わず上を見ると、天井から設置されている内視鏡や超音波用の小さな液晶スクリーンに、つくりものの蔦《つた》が這わせてあるのが目に入った。それはいるの？

「はい、終わりです」

紺色のパンツが遠ざかっていくと同時に、さっきはいなかった女性の声がする。再び、ウィーンという音とともに、足が閉じられていく。

「靴下かわいいですね」

同じ声がそう言う。

「あ、ありがとうございます」

「E.T.ですか?」

「E.T.です」

意識していなかったが、今日はいていた靴下は、E.T.を自転車のかごに乗せて少年が走っている姿のシルエットが総柄になっている。特に何の理由もなさそうだったが、この前香川さんがくれたものだ。股を大きく開いたままで、姿の見えない誰かに靴下を褒められたことがおかしかった。そういえば、敬子はこの映画をはじめから終わりまで見たことがない。幼い頃、あんなに何度もテレビで放映していたのに。まだ小さすぎたのかもしれない。

イスから降りてかごに入れてあった下着とワイドパンツにさっと足を通し、すでに医師が座っている診察デスクに戻る。何もなかったかのように奥で静かに作業している看護師が、さっき敬子の靴下を褒めてくれた人だろうか。まっすぐな横顔にはもう何のヒントも残っていない。

検査結果は一週間後にまた聞きに来ることになっている。敬子は区の検診を受け付けているこぢんまりとした婦人科を出ると、狭い階段を降りた。

アスファルトの地面を歩き出す。和菓子屋やラーメン屋が並んだ商店街を自転車が行き交う。E.T.は乗っていない。

駅の方向に歩きながら、敬子はなんだか気持ちが軽く感じた。

病院のように、自分の体が性的に取り扱われない場所、ただ検査や処置を必要としている箇所として処理してくれる場所を一つでも知っていることに、安堵する。もしかしたら分娩室もそうなのかもしれない。

人によっては恥ずかしさや恐ろしさで婦人科の検診を後回しにしてしまうこともあると聞くし、その気持ちはよくわかるのだが、敬子は検診が好きだった。今日みたいに、患者の性器が丸出しになっていても靴下の話をしてくるような、何気なさというか、もうそこを気にしている段階じゃない具合が良かった。相手がこちらの体のパーツを恥ずかしいものと思っていないのなら、こっちも恥ずかしくない。

商店街の入り口あたりにさしかかった敬子を追い抜くように、一瞬、強い風が体を通りすぎる。

同じ体なのに、性的に見られたり、見られなかったりすることが不思議だ。

敬子はもう一度思った。

午後のオフィスはすでにすっかり打ち解けていて、朝の硬さを微塵《みじん》も感じさせなかった。一定の人数がその中でそれぞれの役割に従って動き話し働いているだけで、場所としてここまで毎日律儀にほぐれるなんて、面白いことだ。

つやつやと冷たく光る壁に手を触れれば、案外ぐにゃりと腕まで飲み込んでしまうんじゃないか。

などと適当なことを考える余裕があるくらいに、敬子は新しい職場に慣れてきた。職種は事務職だが、海外との業務提携があるために早番と遅番があり、遅番担当は13時から21時（または14時から22時）が勤務時間だ。反対に早番となると、夕方には帰宅することができる。今日のように、わざわざ半休をとらずとも仕事の前に検診を済ますこともできるし、スタートがはやいイベントやライブに行くこともできる。

数ヶ月前、ネットで募集要項を目にしたとき、ここ動きやすそう、と敬子は直感したのだが、実際そうだった。

動きやすそうな場所には、動きやすさを求める人が集うもので、職場環境もまずまず悪くない。あんなことが起こった以前の職場も、まずまず悪くないと思っていたから安心はしないが。しかし、思えば、まずまず悪くない、と思っていた職場にいても敬子は安心したことなどなかったし、どこにいても安心など一度もしていなかったかもしれない。

失ったものを一つ一つ取り戻すように、敬子は生活をした。生活を続けた。

××たちの活動を追いかけたり、自分自身の途方もないあの目標に向けて見聞を深めたり、香川さんの好きなジャンルに一緒に行ってみたり、そこから交友関係が広がったりと、再び軌道に乗りはじめた敬子の日々は充実していた。

こんなにも世界は素敵なもので溢れていて、誰もが各々の推しに目を輝かせているというのに、しかし日本社会全体がなんだか不穏な様子で敬子の目には映った。いや、勘違いでも、考えすぎでもなく、今では隠しようもなく、はっきりと不穏だった。ジグソーパズルの後半、残っていたピースがパチパチとはまっていくように、不穏さは加速していた。

いつからこうなったのだろう。

考えてみるものの、答えは明らかだった。

ずっと。

ずっとずっとこうだったのだ。

ただ、世の中はいい方向に進んでいくのだと、それは歴史が証明しているのだと、過ちは繰り返すものではないのだと、敬子は昔確かに学校で習った。

その感覚は敬子の体内に染みついていて、だから、疑うことなどなかった。社会はいい方向に進んでいくのだと。それが社会というものなのだと。悪い部分は、公正ではない部分は改善されていくのだと。

まさか、本気で昔に戻りたい人たちがいるなんて、思いもしなかったのだ。その人たちが時間をかけて、時計を逆戻りさせる準備を整えているなんて。そもそも一度も良くなってもいないのに、すべてはまだ過程だったのに。

降水確率30％。

午後はやくににわか雨が降ったが、その後はセメントみたいな空が持ちこたえている。どっちにしろ気持ちはゆるがなかったし、かばんの中にはちゃんと紺色の雨合羽が入っている。

敬子は空と同じ色をした会社のエントランスから出ると、駅に向かった。

今日は雨に備えて、ゴム素材のフラットシューズをはいてきた。備えすぎたのか、社内には数人、長靴をはいてきている人もいたが、敬子の靴はバレエシューズタイプなので、雨靴であることはほとんどわからない。昔にくらべて雨靴の選択肢が増え、格段に過ごしやすくなった。

ヒールの靴をはかなくなって、もうだいぶ経つ。

学生時代、会議場での短期バイトのオリエンテーションで渡された、「望ましい」格好のイラストを敬子は覚えている。

プリントには男女のイラストが描かれていて、男性は白いシャツにスーツ、黒い革靴、黒い髪。女性は白いシャツにスーツ、膝丈のスカート、ストッキング、ヒールの高さが指定されたパンプス、黒い髪。どちらも大切なのは清潔感。

そのイラストは、働くとはこういうことなんだと、敬子の脳裏に素早くインプットされた。

とはいえ、ヒールの高さを指定されたところでまさか真面目に測るわけもなく、近所の総合スーパーの靴売り場で売られていた、安い合皮のパンプスを買ってはいていった。お金が必要だから働くのに、働くためにお金がかかる、というのは不思議なことであるように思ったが、まあ、そういうものだと言われたら致し方ない。社会のルールやマニュアル通りにやってみるのが、物めずらしくて面白い時期でもあった。言われるままにすると、自分が問題なく社会に収まることが面白かった。

バイトの初日、同じように集められた敬子よりもだいぶ年上の女性たち、いわゆるおばちゃんたちが、現場を担当している女性に、スカートじゃなくてもいいですか、ヒールのある靴でなくてもいいですか、とわらわら詰め寄って掛け合うのを、まるで自分には関係ないことのように、少し離れたところから敬子はぼんやり見ていた。

本部に連絡した後に、オッケーですと両手でまるをつくりながら担当者が戻ってくると、彼女は拍手で迎えられた。

黒いスーツは持ってないんです、と紺色や灰色のスーツで貫き通すおばちゃん。ごめんね、ごめんね、足が痛くてねと、黒いスニーカーでやってくるおばちゃん。敬子のスーツのポケットに飴を突っ込んでくれるおばちゃん。ストッキング着用と言われていても、小花柄の靴下で現れるおばちゃん。

彼女たちの姿を見て、働くとはこういうことなんだと、覚えたことを敬子はさらに上書きした。

働くとは、「望ましい」格好のイラストを「なあなあ」にすることだ。

その「学び」はあながち的外れでもなく、その後も、どこの職場にいても同じような感じでなんとかなったし、周囲の女性も同様だった。目立たないようにルールを曲げ、それで何か言われたなら、明日から気をつけますと謝るが、数日すればまた元通り。

正直なところ、ヒールをはいてないだの服装が規定に反しているだの化粧が濃いだの薄いだのと、とがめてくる人は、暇《ひま》なだけに見えた。この世には暇な人が多すぎるのだ。

それに、今ならわかることがある。

あの頃の敬子は、おばちゃんたちがそうするのは、お金がもったいないからだろうと、本当に「望ましい」アイテムを持っていないのだろうと思っていた。それもそうだが、彼女たちは、ルールに従う気がはなからなかったのだ。

もう一つ思い出すのは、二十代の終わり頃、友人が所属している吹奏楽クラブの発表会を見に、知らない街の市民会館まで行ったときのことだ。

舞台でピッコロを吹いている友人の晴れ姿をしっかりこの目に納めてやらなければと思うのだが、全員が黒いボトムスに白いシャツで統一している中に、一人だけ真っ赤なシャツを着て、軽快にホルンを吹き鳴らしている女性がいて、敬子の目はついつい彼女に引き寄せられた。

終演後、ロビーに出てきた友人に赤シャツの女性のことを思わず尋ねると、シャンデリア型の照明の下で達成感をにじませた友人は笑いながら、「なんか白いシャツを持ってなかったみたい」と答えた。

白いシャツなど当時でも二千円ぐらい出せば買えただろうし、シャツがなくても手持ちの白いTシャツやカットソーを着たら目立たなかっただろうに、シャツであることを最重要視した、シャツ着てるんだからいいだろうとでもいうような、発表会といえども新たに服を買うという考えが毛頭なかったホルンの女性のことを考えながら、敬子ははじめて来た、今後二度と来ることもなさそうな街を後にした。駅前に大きなソテツの木があったことも覚えている。

人々はすでに集まっていた。

参加するのははじめてだったが、「デモ」という言葉で以前敬子が想起していたような物々しさは特に感じられなかった。若い世代や同世代が多かったからかもしれない。いたるところで楽器の音がし、プラカードやバナーが溢れる空。どこかお祭りのような雰囲気があった。真剣なお祭り。

最寄りの駅や官邸前の周辺には警官たちがずらっと立っており、SNSで先に注意喚起してくれていた通り、封鎖されていて遠回りさせられるというルートを避けて歩いてきたので、ここまで混乱せずにたどり着くことができた。それでも、肩にかけたかばんのひもを握る手にぎゅっと力がこもった。

音楽とともに先頭から発せられるコールが、無数の人々の声に支えられて、力を失うことなく敬子のいる後ろのほうまで運ばれてくる。映像でしか見たことはないが、ライブで信頼の証《あかし》として、フロアにダイブしたアーティストがそのまま観客の手に運ばれて後ろまで移動していくように。

運ばれてきた言葉を消さないように、敬子も声を出す。

怒りを帯びた音は思いのほか、明るかった。それとも、それを明るさと敬子が受け取れるようになったのか。

人の群れがゆらゆらと揺れ、プラカードの上でも言葉が踊っている。

気候の変化に対応できる服装を整え、飲み物を携帯し、地面とがちっと一体化する靴をはき、ここまでやって来た人たちがこんなにもいることに、敬子は今更ながら驚いた。

仕事帰りだとわかる人も多い。

仕事帰りにカジュアルにデモに寄る、そういう日常を敬子よりもずっと前にはじめていた人たち。通勤バッグから慣れた手つきで厚紙を出し、頭上高くに広げる姿は頼もしかった。

自分は今、抗う人を見たかったのだ、と敬子は気づいた。抗う人たちの中にいたかった。

確かに、「なあなあ」も一つの戦い方だった。一つの防御方法だった。

でも、「なあなあ」にしているだけでは、いいところで折り合いをつけているだけでは、こちらの意思がまったく伝わらないのだと、残念ながら、そう認めるしかない状況だった。いや、伝われよ。普通にわかれよ。そう思う。それに尽きる。わからないほうがどうかしてる。でも、本気でわからないらしい、もしくはわからないふりをし続けてこのまま突っ切ろうとしている相手に対してどうすればいいのか。敬子はその答えを探していた。ここにいる人たちはみんなそうだろう。

夜が降りてくる。

参加者たちが発光している。

百円ショップで売っているサイリウムや懐中電灯など、持ってくることを推奨されていた光りモノだ。

敬子もスマートフォンの画面を空にかざすが、しばらくするとすぐにスリープしてしまうので、またホームボタンを慌てて押す。

その動作をもたもたと何度か繰り返していると、横にいた若いカップルの男の子が見かねたように、「こっちのほうが明るいですよ」と、スマートフォンの懐中電灯の機能を教えてくれた。途端に光源が強く大きくなり、敬子は高々と光を掲げた。光の数はどんどん増えていく。

「ねえ、後ろすごい」

「ほんとだ、すごい」

「最後が見えないね」

そう高揚した声で話しているさっきのカップルにつられて振り返ると、いつの間にか後ろも人で溢れかえっていて、はじめは後方だったはずの敬子たちの位置は、今や中間あたりになっているようだった。

ひときわ大きいコールが起こり、反射的に向き直ろうとした瞬間、敬子の目は彼女を捉えた。

斜め後ろのほうで、大きめの黒いパーカーのフードを深めにかぶったショートカットの女の子が、敬子と同じようにスマートフォンを光らせている。ほかの人たちのように腕を空に向かって伸ばすのではなく、彼女は光を胸のあたりでぎゅっと抱いており、敬子がよく知っている白い顔が静かに照らし出されていた。

××だ。

そう確信に貫かれた敬子が目を見開いたそのとき、前方で怒号と歓声が渾身の力でぶつかり合ったような音の塊が発生し、人々が突然前に向かって走り出した。

けっかい、けっかい、という耳慣れない言葉が四方から聞こえてくるが、敬子はしばらく、その言葉にどんな漢字も当てはめることができない。

結界？

（陰陽師《おんみょうじ》？）

血海？

（血の海は嫌だ。）

「前へ！」

「前へ！」

誰もが叫んでいる。

駆けていく人々に追い越されながら、邪魔にならないよう小走りで前に進みつつ必死に目で探したが、もうあの黒いパーカーの女の子は見当たらない。

でも、敬子の目には彼女の姿が焼き付いていた。間違うはずがなかった。ここまで一途に見つめてきた相手を、間違うことなどあるものか。

敬子は走った。

「ラインが既読にならないんだよね」

浮かない声をして香川歩が言った。

「どれくらいの間ですか？」

これだけだと、まるで人間関係に悩む女子中学生の会話みたいだと思いながら、宇波真奈は作業の手を止めずに聞いた。今日は案件の数が多い。はやくさばかないと残業になってしまう。はやく帰って、小説を仕上げてしまいたい。

「うーん、たぶん今日で四日、いや五日になるかな」

「五日か。ちょっと微妙ですね」

パソコンから顔を上げた真奈は、目を伏せている歩の長いまつ毛に気を取られた。

これでまつエクしてないとかマジで。

真奈はまつ毛エクステをした自分のまつ毛を、思わずばしばしとしばたいた。

「そうなんだよね。敬子さん、律儀っていうかめちゃくちゃ真面目だからこんなに既読がつくのが遅いことって今までなかったし。なんかあったんじゃないかって、ちょっと心配になってきた」

歩は本当に心配しているようだった。真奈は姿勢を正した。

「敬子さんとの最後のやりとりはなんだったんですか？」

「なんかデモに行ってみるって言ってて、次の日くらいにどうだったかラインで聞いてみたら、既読がつかなくて」

「デモ？」

「そう、デモ」

「なんのデモですか？」

「官邸前」

「ああ、なるほど。最近よくやってますよね」

「そうみたいだね」

「電話してみたらどうですか？」

　歩は困ったように首を傾げた。めずらしくネイルをしていない爪をこつこつとデスクに打ちつけて思案している様子を、真奈は静かに観察した。

「電話も出ないんだよね」

「え、どうするんですか」

「どうしよう」

＊

8月27日

夏が終わる。

日付上はそのはずだけど、でもまだまだトロントも暑いし、日本もきっとそうだろう。だから、実感は少しもないけれど、それでも夏が終わる。

考えてみれば、夏を美穂子と過ごしたのは、ものすごくひさしぶりだったかもしれない。十何年ぶり？

美穂子は高校あたりから外でふらふらしてたから、中学くらいまでだったかな。時間なんてあっという間に過ぎる。

小さい頃は、夏休みはほとんど一ヶ月間、美穂子とずっと一緒だった。母がつくってくれたおそろいのワンピースとか着て、同じような髪型をして。二人ともすごく似ていた。並んで写っている写真を今見ると、私の横に、一回り小さい私がいるみたいだ。美穂子は、子ども時代は私と同じ格好とか髪型をしたがったから、母は私に何か買うときは、念のため二つ買うようにしていた。後で美穂子が泣かないように。美穂子は泣き出すとしぶとかった。

今じゃあり得ない。

ある頃から、美穂子は私の服装を見ると、もっと派手な格好したらって、退屈そうな表情で言うようになった。それほんとに好きな格好なのって。美穂子は奇抜っていうか、その時々で捉えどころのない服装をしてて、いまだにどう形容したらいいのかわからない。全身黄緑色の服を着ている時期なんて、細いせいもあって、アスパラみたいだった。髪も短かったし。そういえば、美穂子はこっちに来て前よりも太った。

最近じゃ、退屈そうな表情を通り越して、私を見てなんだかはがゆそうというか、しんどそうな表情をするときがある。美穂子は全部顔に出るからすぐわかる。私を見ていると、日本の感じ、を思い出すのかもしれない。なんだか申し訳ない気分になる。

美穂子は日本にいるとき、本当に息苦しそうだった。どうしてそんなにつらいの、何が嫌なの、と私は美穂子を見ていて思ったりしていたけど、今ならよくわかるし、どうして自分が大丈夫だったのかわからない。

ていうか、本当に大丈夫だったのかな。おかしな話だけど、自分のことなのに、よく覚えていないのだ。自分がいろんなことに対して、どう考えていたのか、記憶がない。もしかしたらずっと、全然大丈夫なんかじゃなかったのかもしれない。大丈夫じゃないのが日本の「普通」で、だから「普通」だし大丈夫だと自分に言い聞かせていたのかも。

　昔から、美穂子のほうがずっと繊細で感じやすかった。赤ちゃんのときも、私は寝たら朝までずっと熟睡だったけど、美穂子は夜中に物音がするとすぐ目覚めて、泣き出したらしい。私はいつも鈍くさい。殻をうまく破れない。お姉ちゃんの名前のせいなんじゃない？　って、美穂子は時々冗談めかして言っていたけど、もしかしたらそうなのかもしれない。考えてみれば、祖父がつけた名前がずっとしっくりこなかった。祖母や母がつけた名前だったらこうなっていただろうかと時々考えてしまう。そうだったら、自分の名前をもっと好きになれていたかも。

　ここで生活していて、疲れがだいぶとれた気がする。ただ休むってことも長い間していなかった。毎日おいしいものを食べたし、一番好きだった場所は選べないけど、美穂子とエマのお気に入りの靴の美術館は素敵だった。また行きたい。

　今日は、滞在中何回も行った、アパートの一階にあるメキシカンで最後のごはんを二人と食べて、空港まで送ってもらった。タコスがこんなにおいしいものだって、これまで知らなかった。

チェックインするとき、空港職員の女の人が、私のパスポートの写真を見て、「Nice Picture!」って笑ってくれた。前の私だったら、「いえいえ、そんなことないです」とか謙《けん》遜《そん》してしまっていたかもしれないけど、ただ「Thank You!」って、こっちも笑って返事ができた。謙遜って、コミュニケーションを、私自身を、にごらすだけだった気がする。謙遜とか、何十年もかけて私の体に染みついてしまったものを、一つ一つ自分から剝ぎ取っていきたい。もうしたくないから。もうしたくないことがたくさんある。したいこともたくさんある。

この一ヶ月間考えてきたことだけど、私、日本に帰ったら、「おじさん」を倒す。

あ、搭乗がはじまった。またあとで！

第二部

少女は永遠に少女のままじゃない
強い女性に成長し、あなたの世界を破壊しに戻ってくる
——ラリー・ナサール性的虐待事件の裁判における被害者女性の証言

わたしの声は届くのだろうか。
そんな風に心配していたことがおかしくなるくらい、わたしの声は届いた。
声、というか、わたし自身が、届いた。
自分が一番驚くほどに、わたしは届いた。
アイドルとしてこの世界に知られた瞬間から、わたしは届き、こだましている。

××が、××になった瞬間を、わたしたちは考察します。
××は日本のアイドルグループの一員であり、「センター」という役割を担っていました。このポジションは、主にグループの顔であることを意味します。

わたしたちは××のアーカイブにできる限りあたり、ほかのアイドルグループとも比較しましたが、アイドルとしての××は確かに「センター」として特別で、飛び抜けた存在だったと考えられます。十代の女の子が、ここまでの表現力を持ち得たことには驚きしかありません。××はすごいです。研究発表の題材としてだけでなく、わたしたちは気づけば××のパフォーマンスを繰り返し再生し、歌詞を覚えて一緒に歌ったり、ダンスの真似をし合ったりしました。

××が所属するグループ体系は、もともとは「未熟さ」を魅力として、大量の女の子を世に売り出しました。「未熟さ」が熱狂的に受け入れられたということは、この頃の日本では、「未熟さ」を魅力として考える人が多かったからだろうと推察できます。つまり、女の子たちではなく、国そのものが「未熟」だったのです。

記録によると、事前に十分なトレーニングを受けることのないまま女の子たちはアイドルになりました。そのほうが「ファン」に喜ばれたのです。「ファン」はスキルのない、まっさらの女の子たちのほうが応援しがいがあると思ったそうです。

ところが、女の子はいつまでも「未熟」のままではいられません。

スキルが不十分のままデビューしたはずの彼女たちは、だからこそ必死で練習し、吸収し、上達していきました。その軌跡《きせき》は、わたしたちが見ても、見事なものです。きっと大人たちが思うほど、彼女たち自身は「未熟」であることに興味がなかったのでしょう。それに、その時々の精一杯を「未熟」と他人に評価されることほど、理不尽なこともありません。本来、人間に「未熟」なときなど存在しないはずです。その時々の本気があるだけです。

　話が少しずれましたが、しかし、そうやって女の子たちが成長してしまうと、大人たちは彼女たちの「未熟さ」を売りにすることはできません。

　アイドルグループを運営する立場の人々は、新たに女の子を募集し、各地に新たなグループをつくり、「未熟さ」のシステムを長持ちさせようとしました。既存のグループにも「研究生」という立場をつくり、フレッシュさを担保しようと試みました。

　しばらくはこのやり方でうまくいき、息つく暇もないほど次々とアイドルの女の子が輩出されていきました。類似のシステムを採用し、女の子を商売に利用する大人がほかにも後を絶たなかったので、かつてないほどのアイドル、そしてアイドルグループがこの世に乱立する事態になりました。その様子は、自分がアイドルだと宣言しさえすれば、アイドルになれるのではないかと思うほどです。

　けれど、十年以上が経過し、このシステムに限界が見えはじめました。

一度つくられたシステムは、経験を経て、たとえ本人たちにその意図がなかったとしても、更新されていきます。十年以上前の、女の子たちが「未熟」ならば、運営する側の大人たちも手探りで「未熟」だったことにより相乗効果で演出されていた総合的に「未熟」な雰囲気は、はるか過去のことになりました。良くも悪くも手慣れて、洗練されてしまったのです。アイドルに応募する女の子たちも、小さな頃からこのアイドル体系を目にして育っており、システムを理解しています。

それに、その頃になると、アイドルになる夢を持っていなくとも、習い事として、バレエやジャズ、ヒップホップなど、様々な種類のダンスやパフォーマンスの教室に通う子はめずらしくもなんともなくなりました。みんな何かしら習得していて、本当に何も経験したことのない子のほうがめずらしかったでしょう（そのはるか以前には、女の子は花嫁修業として、茶道やお琴《こと》をたしなんだそうです）。

インターネットの普及も、一般の人々がダンスや歌に挑戦することを後押ししました。そして、テレビに出ていなくても才能のある人はたくさんいる、という事実が周知のものになりました。大人がいうところの、「未熟」で「無垢《むく》」な女の子自体が少なくなりました。アイドルであるために、もともと習得していたスキルを十分に活かせなかったり、隠したりする子さえ出てきました。

そんななかで、××たちは登場しました。違いは明らかでした。もともと「未熟」ではない能力を持った女の子たちを「未熟」の枠に押し込めるのは、いくらなんでも不可能です。なにしろ、この社会は、つくりものよりも「天然」を好みました。さすがに方向転換が必要になりました。

能力を持った子が集まっていて、アイドルには不向きである。ならば、アイドルとして、異端の集団をつくりあげればいい。

元々、そのアイドル体系に属していた女の子たちは、大きな笑顔を顔に張り付かせ、短いスカートの制服を着て、見る者に威圧感を与えない、思わず応援してあげたくなるような歌とダンスを披露し、曲によっては水着や下着のような衣装を身につけていました。

わたしたちが見る限りでは、その姿も悪いものとは思いませんでした。彼女たちは堂々としてとても輝いていますし、ステージを降りたところでの彼女たちの振る舞いは、求められている日本の女の子の規範を逸脱する元気さで、アーカイブを参照していたわたしたちは思わず何度も笑ってしまいました。

彼女たちには、社会に求められたものを求められた通りに差し出すことのできる器用さがあったのでしょう。空気を読む、という表現もあります。ただ、当時の社会を鑑《かんが》みると、社会が求めるものをそっくりそのまま提示することは、同時に、社会と同化することを意味します。

××たちには、その逆のスタイルが採用されました。笑わず、制服と軍服の中間を意識してつくられた衣装。反抗的な歌詞に難易度の高いダンス。そのすべては従来のアイドルに見慣れた目には新鮮に映り、彼女たちはまたたくまに人気を博しました。

そのなかでも、××は異端の存在でした。××がいたから、××たちのグループの方向性が決まったようにも考えられます。

とはいえ、最初の頃の、パフォーマンスをしていないときの彼女たちは、××も含め、小さな声で恥ずかしそうに話す、普通の女の子に見えます。

××は特にギャップが大きく、口に手をあてて照れたように下を向いたり、テレビ番組が求めるようにリアクションしたりしてみせる彼女は、結局のところ、うまくアイドルとしてやっていけそうでした。

××たちは、発表する曲が次々とヒットし、はじめてのアルバムも好評で、夏には念願の初野外ライブを富士山が遠くに見える大きな会場で開催しました。

このときの××は、「異端のアイドル」としても、とてもバランスがとれています。ほかのメンバーたちとともにかわいい曲とかっこいい曲を両方こなしてみせ、観客に対しても熱のこもった調子で呼びかけ自分の思いを伝え、ステージの裏でも楽しそうにはしゃいでいます。

ライブ当日までの練習風景を見ると、××たちがいかに熱心に、一丸となって練習に取り組んでいるかよくわかります。旗をふるなど、自分たちが新たに習得することになる演出に対して「かっこいい！」と声を上げ、大きなステージを臆することなく駆け抜ける彼女たちの姿は、やりたくないことをやらされている姿ではありません。きっとついていけなかった女の子も中にはいたでしょうが、アイドルとして異形《いぎょう》を求められた彼女たちは、異形であることを楽しんでいました。

わたしたちが面白く感じたのは、ときに彼女たちは、各々自由に振り付けしていいと部分的にダンスパートを任せられるのですが、その場合、ダンスがだいたいどれもかっこよくなることでした。かわいいとかっこいい、両方できるはずの彼女たちは、自由に選択していいとき、かっこいいほうを選びました。それはとても興味深い事実でした。

彼女たちのダンスは、かわいいとこちらが思った瞬間かっこよくなっている、まるでだまし絵のようです。

ライブ中、ひたすら団体で動き続ける彼女たちにはアイドルというより、運動部と呼ぶほうがしっくりくる瞬間が幾度もあります。

でも、彼女たちはれっきとしたアイドルでした。

それから一年経つと、××の様子に変化が見えます。無防備な屈託のなさは消え、自制と自衛の意思が感じられます。その変化はメンバーたちに向けられるのではなく、彼女たちを見る側に向けられているようです。××は明らかに何かを拒否しはじめていました。××は見られることに居心地の悪さを覚えているのか、パフォーマンスをしているとき以外は、ステージの上でも下を向くようになりました。ときには、パフォーマンス中でも下を向いています。異形のアイドルといっても、その様子はさすがに異様で、人々の目を引きました。

様々な憶測が交わされ、プロ意識がないと××を批判する声もありました。けれど、アイドルがこちらが思う「正解」からはみ出した途端批判するのは、結局のところ、××たちに笑顔を求めているのと同じことです。アイドルが笑顔にならないのが新しいと褒めていたとしても、それは予定調和の範囲内のこと。でも、××は映像に映されていても、ステージの上にいても、予定調和を無視するようになりました。さっきわたしたちは自制と自衛の意思と言いましたが、××の本心はわかりません。アイドルの「正解」に照らし合わせたとき、「不正解」の彼女の行動に何か意味付けをしているだけです。よく考えてみれば、××は笑いたいときに笑い、笑いたくないときには笑わない、という当たり前のことを、観客の前でやるようになっただけなのかもしれません。つまり、××は本当に、異形のものになりました。

この後の歴史における××のはじまりを、わたしたちはここに見ます。このときが、××の分岐点となりました。

ここで発表者を交代します。

＊

東京を代表する大きなデパートに沿った大通りから一本中に入るだけで、まったく違う世界が広がっていることに、いいかげん慣れても良さそうなものだが、ひしめきあった店々がそれぞれ違う明度と濃度を醸し出している光と喧噪《けんそう》の帯には、やはり胸がときめくものがある。

ここは、一昔前の文化体系のままもちこたえているスナックや洋食屋にも、気後れせずに大人たちが吸い込まれていく街だ。自分は入ったことはないが、趣《おもむき》のある古めかしい洋食店の向かいでは、若いカップルが、たこ焼きチェーンが経営している飲み屋で穏やかに飲んでいる。

ととと、と前を行く尻尾のつぶれた三毛猫がタイ料理店と居酒屋の間の細い路地に消えていくのを見送ってさらに通りの奥に進むと、ウーバーイーツの大きなナイロンバッグを背負い自転車のサドルをまたいだまま歩いている青年と、スーツを着た青年が談笑しながらどこかに向かっている背中が、目当ての店まで前にあった。

イギリスのパブを模したこの店で、週末、映画を観た後に時々夕飯を食べる。こういう店にありがちな液晶画面でサッカーの中継が流れていることもないし、もちろん禁煙だ。パソコンや本を広げている一人客が浮くこともない。それにかつて大学の軽音部でブリティッシュポップのコピーバンドをやっていた自分は、この店の雰囲気にひたるとなんだか懐かしさを覚える。フィッシュアンドチップスも好きだし。

窓側の席で、文庫本を片手にエールをちびちびやっていると（アルコールはそんなに強いほうじゃない）、通りを行き交う人々がちらちらと目の端に入る。

視線を感じてページから顔を上げると、数人のグループが前を通り、一人の女が通り過ぎざまにこっちにすっと目をやった。窓の内側まで届く大きな声を出してはしゃいでいる男たちのグループに、真っ黒の髪を長く伸ばしたその女は似つかわしくないようにも見えた。

少し先にいったところで、グループから遅れるようにして女がまた一瞬こちらを振り返ったので、くすぐったい気持ちになる。自分は同年代の男たちの中では体型もキープしているほうだし、自分で言うのもなんだが、清潔感がある。服のセンスも悪くない。窓越しにひとり本を読んでいる姿が女の目を引くと考えても、あながち自意識過剰というわけでもないはずだと思いたい。

　同僚たちを見ているとよくわかるが、家族のいる男は子どもなんか生まれようものなら、途端に見栄えが悪くなる。妻がそいつのケアをしている場合じゃなくなるからだろう。女が自分のケアをしてくれるはずだとあぐらをかいていると、男は簡単に駄目になる。自分はそんな勘違いはしないし、家族をつくる気もない。悠々自適に生きていきたい。

「いやでも、少子化やばいよな」

「な、俺んとこは子ども二人いるから一応貢献したと思うけど」

「貢献とかキモッ」

「なんかで読んだけど、一家族三人以上つくらないと少子化改善にならないらしいよ」

「なにそれ、ソース出せよ、腹立つな。政治家みたいなこと言ってんなよ」

「でも、やばいのはやばいだろ」

　狭い店内では、特に客が少ないと、他人の会話が筒抜けになる。いつの間に入店していたのか、自分よりもだいぶ若い男たちの話はそこまでうるさくないものの、読書のノイズには確実になるので、アップル社のコードレスイヤフォンをしようかどうか逡巡《しゅんじゅん》する。

「どうしようもなくない、そう言われても」

「おまえそんな他人事じゃだめだろ、俺たちの国の未来のことじゃん」

「つば飛ばすなよ」

自分が彼らの年齢の頃ならダサいとされていた服装を、むしろおしゃれとして身につけている姿に、一瞬時代がわからなくなり、くらっとする。それなりに歳をとってみると、かつてはわからなかった、流行は繰り返す、という感覚が、否が応でもわかるようになった。

「そうそう、やっぱ俺らの国の伝統をつないでいかないと」

「そういうノリ、無理なんだよねー」

「ノリ、とかじゃないだろ、大事なことだろ」

「おまえってそんな非国民だったっけ」

こいつらだって本気で少子化に興味があるわけじゃないのに、意見をぶつけあって、不毛じゃないのだろうか。

ただ、話題がないだけなのだ。話題がないなら、そもそも集まらなければいいのに。話題がないのに話そうとするから、少子化だの、違う国の悪口だの、べらべら垂れ流すことになる。

それにしても、昔にくらべて、最近の会話に出てくる単語は、国だの伝統だの非国民だの、妙に物々しいのに、カジュアルに使われていて、面食らう。以前なら、そういう言葉は、限られた人たちが使う言葉で、耳にするとぎょっとしたものだ。今は本当に二十一世紀なんだろうか。時々、過去に逆戻りをしたように感じることがある。これじゃタイムマシンなんて開発する必要もない。

「それより、明日の会議、うまくやんないと、次やばいよ」

「わかってる、任せろって」

彼らが職場の同僚であるという情報を最後に、イヤフォンを装着し、平穏を取り戻したが、自分なら同僚たちと休日まで会うなんてあり得ない。

男同士の和気藹々《あいあい》とした雰囲気が、昔から自分はあまり得意ではない。だが、合わせることはコツをつかめばわけはないので、そこまで別段不便を感じずに生きていた。スイッチをオン、オフすればいいだけのことだ。ただ、不便を感じないのと、疲れを感じるかどうかは意外と別の問題だ。疲れることは、疲れる。

いつだったか、電車の中で、自分の前に三十代くらいの男が二人立っていた。背の低いほうの男が何かについて、快活にしゃべっていると、静かに聞いていたもう一人の、背の高いほうの男が唐突に、話を遮るようにして言った。

「てか、おまえ、ニキビすごくね。どうしてそうなったの？」

あまりにそれまでの話の流れと関係がなかったので、思わず顔を上げてしまうと、確かに、話していたほうの男は、顔の全体にニキビが元気に散っており、ニキビのエネルギーを感じさせる赤ら顔だった。

背の低いほうの男が驚き一瞬言葉につまっていると、ブランド物の革靴をはいた、すらっとした体つきのもう一人の男は笑いながらさらに続けた。

「さっきから見てたら、ニキビがやばいから、どっか悪いんじゃないかって」

さっきの快活さが嘘のように、テンションが少なくともワントーンは下がった男がぼそぼそとちょっと忙しくてとかなんとか答えると、もう一人は、

「へー、俺、ニキビとかできたことないからわかんないけど」

と、バッサリと切った。バッサリと切った、というつもりもないくらい、爽やかに男はそれをやった。

背の低いほうの男は、気勢をそがれたように静かになり、背の高いほうが二人の共通の知り合いらしき誰かの話を意気揚々《ようよう》としはじめた。そのまま、二人は次の停車駅で降りていった。

本当に若い世代になるとわからないが、今の十代二十代ぐらいになると違うのかもしれないが、これまで自分はこういうシーンに何百回も遭遇しているし、されたことも、場をしのぐためにしたこともある。

相手が自分よりも低い存在だと暗に示す行為、マウントは、女同士のそれが一時期話題

になり、女はこわい、という文脈で語られたが、自分に言わせると、息を吐くようにそれをやるのは、むしろ一般的な男の文化だ。自分たちがマウントという行為をしていることにも気づかず、男がこわいと切り取られることもないまま、無邪気にやり続けている。

電車の中の男も、快活に話している男の何かが気に入らず、トーンダウンさせようとしたのだろう。そういう男ほど、女が同じことをやると、女はこわいと、ことさら言いつのったりするものだ。

いじりといじめ、束縛と友情を取り違えたまま、男の文化は何十年も、もしかしたら何百年も、膠着《こうちゃく》している。

こういう一つ一つのことに呆れながら、居心地の悪さを覚えながら、それでもその一員として生きていると、こっちだって息抜きが必要になる。一員じゃないふりなんてできるわけがないし、しようと思ったことだってない。輪の中にいるのに、わざわざ出ていくやつの気がしれない。自分はこの輪の中で生きていく。

でも、だからこそ、時々ストレス解消は必要なのだ。

＊

調べれば調べるほど、わたしたちは「アイドル」について考えさせられました。

××たちは異彩を放っていましたが、一方で、「普通」のアイドルたちは、求められるアイドル像を維持し続けていました。

しかし、本当に維持できていたのでしょうか。

多くのアイドルの女の子たちが、「卒業」していきました。

この「卒業」は、特殊な言葉です。アイドルグループでの活動を学校生活に重ね合わせており、まるで学校を卒業するかのように、いかなる理由であろうと活動をやめることを、「卒業」と呼びました。学校生活での卒業は最終学年に訪れるものでしたが、この「卒業」は、年齢やタイミングを問いませんでした。

「卒業」にはいろいろな理由がありました。

このアイドル体系はアイドルの女の子たちに奇妙なルールをいくつも課していましたが、その一つに恋愛禁止というものがありました。

恋愛というものがどういうものか、わたしたちにはよくわかりませんが、それによって人類は人類というグループを維持してきたそうです。まるで一つのアイドル体系を長続きさせるために、たくさんの女の子を必要とし続けたように。

恋愛禁止というルールを破った女の子、または誰かと恋愛関係にあることをうまく隠すことができなかった女の子は、ひとりひとり事情や人気度に合わせた処罰を受けました。それは「ファン」、そして社会に対しての見せしめとなりました。日本社会は、罰せられる女の子を日常的に娯楽《ごらく》として楽しんでいました。眉をひそめる人たちもいましたが、その批判的な眼差しは、なぜか女の子たちにも注がれました。

なぜ恋愛禁止だったかといえば、アイドル体系を維持する大人たちにとって、女の子たちは商品だったからです。商品が傷物になると売れ行きに影響します。傷物というのは、つまり処女性をなくすということで、日本の社会は、女性の処女性を高く評価していました。特定の相手と恋愛をしてしまった女の子は用済みも同じです。

一つ付け加えると、この処女性というものは、男性に対しては逆の働きをしました。男性は処女性を持たないほうが自慢できたそうです。なぜ女性と男性で逆だったのかは、わたしたちにはなんだかよく理由がわかりませんでした。

ルールを破った女の子は、遅かれ早かれ「卒業」していきました。ルールを破る女の子が後を絶たないので、新しい女の子がどんどん必要でした。その繰り返しです。
たとえば、次世代の「センター」になることを見込まれていた一人の女の子がいました。
彼女は高校生でした。

デブ
ブス
体調管理ができていない
アイドルとしての自覚がない
わざとらしい

などなどの言葉が、ネット上でまだ十代の女の子に対して投げつけられていました。当人が読まないだろうと思ったのだとしても、投げつけられた石であることには変わりありません。

デブ
ブス

体調管理ができていない
アイドルとしての自覚がない
わざとらしい

もう一度言います。二十一世紀だというのに、これらが十代の女の子に投げつけられた石でした。

突如として世間の注目を浴びた高校生の彼女は、同じ学校にボーイフレンドがいるとスクープされ、恋愛禁止のルールを破っていた事実が知れ渡りました。アイドルでい続けるために、彼女は恋人などいないと嘘をつき、窮地を切り抜けました。アイドルとしての自覚がない、とはそのことを指しているのだと思われます。

けれどわたしたちは思います。もしこのルール自体がなければ、彼女の行いは批判されることもなく、写真を撮られることもなく、嘘をつかなければならない窮地に陥《おちい》ることもなく、アイドルとしての自覚がない、などとあいまいな石を投げつけられることもなかったでしょう。

その後、窮地を切り抜けたはずの彼女は、しばらくして「卒業」しました。

出演しているテレビ番組の途中で、彼女が涙に声をつまらせながら「卒業」を発表するのを、わたしたちはアーカイブで確認しました。

これも当時の人々にはごくありきたりの光景でした。何か「問題」を起こしたとか歳をとりすぎたとか特にぱっとしなかった等々、はっきりと明かされないとしても容易に察しがつく理由で、女の子がある日泣きながら「卒業」を発表する。

そこまでの道筋を経て一つの娯楽として完成しました。ですが、その頃にはすでに「卒業」発表には手垢がつきすぎていて、「ファン」以外の人たちは、特に興味を持ちませんでした。

インターネットの時代です。メディアがブラウン管しかなく、結婚が決まった国民的アイドルの引退映像を、お茶の間、という団欒《だんらん》をする場所で人々が固唾《かたず》を呑んで見守った頃ははるか昔でした。興味を持つことは、ほかにたくさんありました。

少し考えてみたいのですが、アイドルとしての自覚があるアイドルとは、どんな存在でしょうか。

もちろんルール違反をせず、「スキャンダル」を起こさず、アイドルとして適当な体重をキープし、肌にはニキビ一つつくらず、疲れを見せることなくいつも笑顔を顔に張り付け、完璧な女の子でいること。

それは意思のないお人形のことでしょうか。女の子が意思のないお人形になることを人々は求めていたのでしょうか。揃っているデータを鑑みると、どうもそうとしか思えません。

わたしたちがもう一つわからないのは、「ファン」と呼ばれる人々も、ルール違反をしたアイドルの女の子たちが「卒業」していくことに、異議を唱えなかったことです。アイドルグループを運営する側は、「ファン」に満足してもらうために、ルールを設けていたところが大きいはずです。その人たちが利益をもたらしてくれるからです。ならば、「ファン」が、そんなルールはおかしい、そんなルールはいらないと主張していれば、ルールは不必要となり、撤廃されていたかもしれません。

自分が愛しているはずのアイドルが「卒業」してしまったら、彼女のアイドルとしての活動をもう見ることができなくなります。そのことよりも、ルールを破ったという事実が「ファン」にとっても許せないことだったのでしょうか。

アイドルにルールを課すというシステム、これがこのアイドル体系を衰退へと導きました。

なぜなら、女の子は人間だからです。歴史を紐解いてみても、良くも悪くも、人間はルール通りには生きられません。

ですが、アイドルにはルールがありました。だから女の子たちはどんどん脱落していきました。

このアイドル体系の十年以上にわたる栄枯盛衰の一つの意義は、「完璧な女の子」なんていないという事実が、誰の目にも明らかになったことではないでしょうか。ですが、それはここまで時間をかけて、現実の女の子で実験されないとわからないほど難しいことだったでしょうか。

ここで発表者を交代します。

今回××たちの楽曲について調べるうえで、ほかの歌手たちの楽曲についてもわたしたちは調べました。

××たちの楽曲の主なテーマは、社会や同調圧力への反抗、社会における生きづらさについてでした。

これらのテーマはアイドルの女の子が歌うからこそ異質に感じられましたが、本来は、はるか以前から、様々な歌い手によって繰り返し歌われ、ヒットし、「共感」という感情を集めてきました。

社会に不満を抱えた人々は、ドブネズミみたいに美しくなりたいと願い、闘う君の唄を闘わない奴等が笑うだろうと嘆き、盗んだバイクで走り出しました。

わたしたちが不思議で仕方ないのは、社会批判がテーマの歌が繰り返しつくられ続けてきたというのに、その間、社会が改善されなかったということです。人々は社会に不満を持ち続けていました。

社会が息苦しい、おかしい、やばい、大変だ、納得できないと、こんなにも歌われているのに、一体全体政治家は何をしていたのでしょう。それとも、政治家の耳と市井《しせい》の人々の耳はつくりが別で周波数が違い、お互いの声を聞くことができなかったのでしょうか。調べた限りでは、人間の耳にはそんな機能はなかったはずです。

社会の息苦しさを叫ぶ歌が世間で売れても、ヒットしても、ただ歌がヒットしているだけと流して、終わらせてきた歴史が浮かび上がってきました。この繰り返しでは、誰も先に行くことができなかったのも無理はないでしょう。歌って、歌って、歌って、それで終わりでした。

そうして、××たちの時代に、××たちが歌う歌に「共感」がたくさん集まったというならば、それは、社会の設計が相も変わらずおかしかったというゆるぎのない証拠になります。

驚くべきは、歌が下手だ、踊りが下手だ、学芸会だ、口パクだ、昔のアイドルは良かったと、まるで鬼っ子のように語られがちな彼女たちが、それでも人目を引きつけてしまうことです。

口パクとは、パフォーマンスの最中、実際には歌わず、録音した歌声を流すことを意味します。

踊りながら歌えない、人数が多いので歌を合わすことが不可能等、いくつかの理由で、このアイドル体系では、それが当たり前のこととして行われていました。

ライブに足を運んでいる人ならば、彼女たちが実際に歌う現場を多々目撃していましたが、通常は、特にテレビ番組では、彼女たちが携《たずさ》えたマイクはお飾りにすぎず、電源が切られていました。彼女たちは声を奪われた状態で、パフォーマンスをしました。

ならば、声を持たないはずの彼女たちのステージになぜ人々は熱狂したのでしょう。声など必要としないくらい、彼女たちは彼女たちであるだけで力を持っていたからだとわたしたちは考えます。

これはほかのアイドルグループにも共通する現象です。

ですが、同じようなグループが乱立しても代わり映えがしないので、話題性を生むために個性を出すべく××たちに担わされたのは、反抗の歌でした。その違いは、大きかった。

そして、そのことに、××たちをつくり出した側は気づいていませんでした。

××たちの楽曲は、大人たちが、男たちが、女の子に歌わせるためにつくった、彼女たちの自発的な声ではないはずのものでした。それはつまり、世の中の話題になることを狙った、打算的な歌のはずでした。

ところが、ここで逆転が起こります。

お人形のように、与えられた楽曲を披露するだけの役割を負った女の子たちは、その歌を生きはじめてしまいます。

あれだけの情熱と心血を注いで、練習に明け暮れ、ステージでその歌を生きればこそ、その歌にのっとられるのもあり得ることだとわたしたちは思います。

歌わせるだけ歌わせて、女の子が歌から一切の影響を受けないと思っていたのなら、彼女たちをナメすぎというものでしょう。

「わたしたちは革命について歌ったのだから、革命を歌ったのだから、革命をしなければならない」という彼女たちの声が聞こえるようです。

いいえ、わたしたちは、確かに彼女たちの声を聞きました。

ここで発表者を交代します。

*

会社の近くに公園がある。

会社の人たちの大半は、それこそ毎日前を通っていても気にもとめない場所かもしれないけれど、香川歩はランチに入った店が混んでいたときなど、近所のパン屋やコンビニで何か軽いものを買って、この小さな細長い公園で食べることがあった。

この街は大中小と様々な会社のビルが連なるビジネス街だったが、公園で過ごしてみると、古びた遊具にぶらさがったり、すべり落ちたりする子どもの姿があり、見守る親の姿があり、この街に住んで、生活している人たちがいるのだ、という当たり前のことに歩は何度も気づかされた。

十八時を過ぎた今は、さすがに閑散としているものの、公園内にも付近の通りにも街灯が多く、夜でも暗さや不穏さを感じたことはなかった。

公園には入らず、入り口の花壇のあたりに立っていた歩は、スマートフォンで自分が登録しているSNSを軽く巡回したり、友人たちが投稿した写真にイイネをつけたりして時間を潰していた。

　気配は感じなかった。でも、結局横を向いたのだから、やはり気配を感じたのかもしれない。

　歩の右側には、いつの間にか、あの男がいた。

　あの男は、歩の横に立ち、特に歩を意識している風でもなく前を見ていたので、単なる偶然の可能性も捨てきれなかったが、何か理由があるにしても、別に混み合っているわけでもないこの場所で、この至近距離で横に立つのは明らかにおかしく、歩は慌てて顔をスマートフォンに戻した。

　だが、歩が気づいたことをしっかりと目の端で察知した男は、ゆっくりと歩のほうに向き直り、小柄な彼女を見下ろすようにして、こう言った。

「きみ、時々ぼくのこと見てるよね」

　あの男は笑みさえ浮かべて、歩のことを見ていた。

　スーツのポケットに両手をつっこみ、歩の顔をのぞき込むように小首を傾げる、一昔前ならば、キザと呼ばれたに違いない男の仕草に、無理、と歩は心で後ずさった。

「ぼくの勘違いじゃないと思うけど。どうして見てるの？」

　男はさらににっこりと微笑み、続けた。

いや、歩は確かに見るには見ていたが、そこに込めていたのは、相手が思い込んでいるような感情とは正反対のものだ。歩の沈黙は相手にどう伝わっているだろう。これまでずっと、歩の沈黙が、世の男たちに正しく伝わったためしなどなかった。正しく伝わらないなら、正しく伝えなければならない。

覚悟を決めた歩はタイツをはいた二つの脚に、お腹に、胸に、力を込めた。

「見てるんじゃなくて、にらんでるんです」

言った瞬間、後頭部のあたりで、黒い血がうごめくのがわかった。女性客だと見るとタメ口になるタクシー運転手の態度に辛抱たまらず言い返すときや、高校を卒業して何年経ってもいまだに電車の中で体を密着させてくる男の体を振りほどくとき、歩が普段の安全領域から一歩踏み出した瞬間、いつもこの感覚がある。

沈黙が歩の安全領域だった。でもそれの何が悪いんだろう。そのほうが安全に暮らせる確率が高いと判断したから、そうしていただけだ。でも、沈黙していても、声を上げて抗議しても、不利益を被るのは、嫌な思いをするのは、いつもこっちだった。

今度は、あの男のほうが沈黙した。男の顔はバグを起こしたように、表情を失った。

ほら、おまえの本当の顔はそれだよ。

歩がこの顔を目にするのははじめてではなかった。

学校でも職場でも、男たちは、自分たちが想定していた言動が歩から返ってこないと、この顔をする。機嫌を損ねる。顔をしかめて、去っていく。よく知っている。優しい面の皮をかぶっているやつほど、その落差がダサかった。

「見てるんじゃなくて、にらんでるんです」

歩はもう一度繰り返した。

今度はさっきよりも楽に言葉が出た。楽というより、歩の本当の感情をスムーズにのせられた。声音にとげが生えた。

歩のとげを帯びた声に、あの男はむしろ安心したように顔色を取り戻し、にこっとしてみせた。まるで、「感情的な女」の機嫌を取るのはおてのものだとでもいうように。女が「負の感情」を出すと、「感情的」の箱にぼすっとシュートを決めればいいからと、なぜか安心し、勝った気になる男という箱に、歩は目の前のにやにやしている男を放り込んだ。

「でも、ぼくたち、話したこともないよね？」

笑みを含ませながら、戸惑っている様子を男は演出しはじめた。

ポジティブすぎて戸惑うのはこっちだっつーの。

歩はもう隠しもせず、眉間に皺を寄せた。

「話したこともないのに、見られてると思ったのはなんでなんですか？」

「それは、そういうことってぼくはたまにあるから。きみもそうかなって思って、仲良くなれたらいいかなって」

「あーそれは、完全なる勘違いですね」

歩は仕事のできない上司とやりとりするときのモードを今、この瞬間に採用することに決め、わざと軽く、冷たく言い返した。

「でも、すごいですね、よく気がつきましたよね」

きょとんとした男の顔に、皮肉の一つも言ってやりたくなった。

だが、歩の言葉に相手はなぜかまんざらでもない顔になり、打ち解けた様子で歩に問い返してきた。

「じゃあ、にらんでたってなんで？　ぼく、何かきみにしたかな？」

本当にこいつはわからないらしい。歩と敬子が同じチームで働いていたことも、向かい合わせの席に座っていたことも忘れているのだろうか。

「あなたが敬子さんにしたことを知っているからです」

おまえ、と本当は呼びたいところだったが、歩は我慢した。けれど、目の前の相手を、おまえ、と呼んではいけない理由はないように思えた。なぜ自分はいつも自制してしまうのだろう。

敬子の名前を出しても、男の顔色は変わらないどころか、

「誰だっけ、それ？」

と、困惑した顔をしている。

歩は一瞬、この男は本当に何も知らず、何もやっていないのではないかと思ったほどだったが、二度と騙《だま》されるわけにはいかなかったし、歩が信じているのが誰なのかは疑いようもなかった。

「敬子さんです。私の向かいの席に座っていた人です。本当に知らないんですか？　彼女に、敬子さんに嫌がらせをして、会社にいられないようにしたこと、忘れたんですか？」

早口にならないように一言一言噛みしめるようにして歩が言うと、あの男はスイッチが切り替わったごとく再び無の表情に戻り、上半身をすっと後ろに少し反らした。その不自然な動作は、男に心当たりがある証左だった。

次の瞬間、男は完全にフリーズした。

ほんの一瞬だった。けれど、スマートなサラリーマンという自画像を演じてきたのにほころびを指摘され、バグった男の様子は、悪さが親にバレた小学生のようで、壊れたロボットのようで、何より、それが立派な社会人、大の大人であることが不気味で、歩は目を逸らしたくなった。

再び男のスイッチが切り替わった。

新たに出現したその表情を見て、歩は自分の間違いを理解した。

これが、こっちがこいつの本当の顔だ。

長年会社ではうまく立ち回り、隠してきた顔を、あの男は歩に晒していた。必死に取り繕って隠すほどの相手でもないと判断したのだろう。歩のようなそのうちいなくなる非正規の二十代の女など。男は、目の奥を暗く光らせ、顔を歪めるようにして薄い笑みを口の端に張り付かせている。

「ああ、あの女か。きみたち、仲良かったの？　意外だね。あんなおばさん、きみと接点ないでしょ？　何言われたか知らないけど、いなくなったおばさんが言ったことだしね」

さっきとは打って変わり、人を小馬鹿にした調子で、話し出した男を、歩は不思議な気持ちで眺めた。

いや、おばさんって、自分もおじさんじゃん。「おじさん」じゃん。なんでむしろこっち側みたいなノリなのか。こっち来んな。うまく言いくるめられると思うなよ。

どうして「おじさん」は、女性同士が情報を共有していることに思い至らないのだろう。知らないのかもしれないが、女たちは話すのだ。表向きはなんでもないふりをしているが、裏でセクハラやパワハラをするやつの愚痴や悪口をただ言い合っているようで、それは立派な情報交換なのだ。情報は女を守り、救うのだ。たぶん、「おじさん」は、そういうつながりを持ったことがないのかもしれない。だから、わからないのだ。だから、恥ずかしくもなく、嘘をつき、自分に都合の良い勝手な物語をつくろうとするのだ。そんなのバレバレなのに。

「敬子さんと私は友だちです」

歩が力を込めて言うと、男はさらに口元を歪め、嘲笑った。

「友だちって。年齢も、雰囲気も、全然違うでしょ。友だちのわけないでしょ」

違ったら仲良くなれないとか、本当に思ってるのか。

歩は驚いて、言葉を失った。ずっと不可解だった、会社で上の世代の男たちが、年齢や出身校、学歴といった、歩にはどうでもいいと思える話題で過剰に盛り上がり、結びつきを強めている理由がちょっとわかった気がした。

「それにしてもただのお遊びなのに、まさか人事に訴えるとは思わなかった。大げさで、自意識過剰じゃない？　あんなの自業自得でしょ、そう思わない？」

男の話しぶりは、相変わらず、歩がまるで男側の人間であるかのようだ。

「ちょっと何言ってるんですか？　人の人生なんだと思ってるんですか？　敬子さんは仕事までなくなったのに」

「人生って、きみも大げさだね。非正規って、お手伝いみたいなものでしょ？」

歩はカッと頭に血が上ったが、

「どうして敬子さんだったんですか？」

どうしても聞きたかったことを、絞《しぼ》り出すように口から出した。

「どうしてって、あのおばさん、なんかムカつかない？」

「どういうことですか？」

「いつも澄ました顔しててさ、入り口のあたりに座ってるから目障りだったんだよね。一回俺、あいつが落としたハンカチ拾ってやったの。なのにあの女、笑顔も見せなくてさ。かわいげないし、生意気でしょ。それだけ」

「それだけ？」

「そう、それだけ。ああいう女のせいで少子化が進んだんだよ。いいお灸《きゅう》になったでしょ。あんなおばさんの言うこと誰も信じなかっただろ。きみも本当は馬鹿な女だと思ってるんじゃないの？」

あの男は妙に白い歯を見せて笑った。

その不自然な白い歯のように歩の頭の中は真っ白になり、次の瞬間、歩は言葉の、敬語の壁を超えた。

「は、おまえ、マジ何言ってんの？」

考えてみれば、敬語とかって、自分が尊敬している相手に使うものじゃないのか。

歩は、目の前の男を尊敬どころか、心底軽蔑《けいべつ》していた。軽蔑しているやつに、歳が上だから、男だからって敬語を使わなければこっちが失礼だなんて、言葉の設計がおかしくないか。

「あのさあ」

腹が立ちすぎて、歩の「あのさあ」は、ヤンキーめいた「あんさあ」のイントネーションになったが、もう止まらなかったし、止める気もなかった。

「おまえよく考えろよ。私は、おまえよりも敬子さんを百倍信じてるんだよ。なんで一度もしゃべったことのないおまえの言うこと、私が信じると思ったんだよ、おかしいだろ。だいたい自分と同じ社会人に対して、かわいげがないだの、生意気だの、おまえ、何様っていうか、なに期待して生きてんだよ。もう一回言うけど、よく考えろ。いいか、よく考えろ」

あたりはすっかり暗くなっていたが、歩を一人にしない街灯たちの加勢もあり、男の顔が、赤黒く膨張するのがわかった。

「おい、おまえ、女のくせに言いた……」

「まだ話してるだろ、途中で割り込んでくんな」

歩は、反射的に男の言葉を遮った。こういうスポーツがあればいいのに。嫌なやつの言葉を遮って、打ち返すスポーツ。いい競技になるはずだ。

「てか、言ったばっかだろ、よく考えてからしゃべれ。今何言おうとしたか当ててやる。女のくせに言いたい放題言って生意気だ、俺様のほうがえらいんだぞ、とかそんなんだろ。わかりやすすぎ」

歩はせせら笑った。せせら笑う、ってこんなに気持ち良かったんだと新鮮に感じ、驚き、その気分のまま次の一言が出てくるのに任せた。

「バーカ」

そう言った瞬間、周囲の空気が乱れ、歩の体が強い力で引っ張られた。

歩の両肩にあの男の指が食い込んでいる。

男は歩の体をぶんぶん揺すると、我を忘れたようにまくしたてた。

「おい、女、女がふざけんじゃねえぞ。力で太刀打ちできないくせに、調子にのってんじゃねえ」

男の腕にさらに力が入る。

しまった、気持ち良くなって言い過ぎた。言い過ぎたとは、本心では微塵も思っていなかったが、自分の身を危険に晒してしまった。

　歩の脚を支えるヒールがぐらっと揺れる。一瞬、男の目が歩の背後に注がれた。つかまれたまま首を曲げて後ろを見ると、公園の塀の役割も果たしている、膝のあたりまである煉《れん》瓦《が》の花壇が目に入り、歩は血の気がひいた。激高した男に頭を叩きつけられてもおかしくない。とっさに左脇の下に収まっているバッグの中のピンク色が脳裏に浮かんだが、両肩をつかまれているこの状況でジッパーを開けて、取り出す余裕は、ありそうもなかった。

「ほら、動けないだろ、抵抗できないだろ。いいか、女はだまっとけ。わかったか」

　歩の体がさらに強く揺らされる。

「やめ……」

　男の腕をつかんで止めようとした歩は、右の足首がバランスを崩し、体の重心が煉瓦に向かって引き寄せられていくのがわかった。反射的に目を閉じたが、同時に反対の力が歩に加えられ、体が支えられたので目を開けた。

「香川さんから離れてください。ぼくの友だちから離れてください」

　小林さんが歩の左腕を支え、あの男との間に割って入った。

「どうしたんですか、危ないじゃないですか」

小林さんの登場に、あの男は我に返ったように歩から離れると、大袈裟にスーツをぱんぱんと軽く払う仕草を見せた。

「ごめんね、ちょっと行き違いがあって。この女性の勘違いだから、ね」

ウィンクさえしかねない親しみを込めた調子で、小林さんに笑いかけるまだ赤い顔のあの男を見て、歩は胸くそが悪くなった。今度は、男同士ならわかるだろカードか。陳腐すぎ。

「よくわからないですけど、暴力はやめてください」

いつもは早口なのに、めずらしくゆっくりとした、断固とした口調であの男に言い返す小林さんと、まだ歩の腕を支えてくれている手の存在に安心して、歩はどっと体から力が抜けた。その歩の力が抜けたぶんだけ、小林さんの手の力は強くなった。

「いや、そういうことじゃないんだよ、本当に、勘違いだから」

もごもごと言いながら、あの男はアスファルトの歩道からかばんを拾うと、子どもかよ、とこっちが呆れるくらい見事なダッシュを見せた。

あっという間にあの男の姿は消え、二人は呆気《あっけ》にとられた。

「あ、ちょっと」

小林さんがどうしようと歩の顔を見たが、とりあえず放っておいて大丈夫と歩はうなずいてみせた。

「え、あれ、なに。ほんと大丈夫？　警察行こうよ、警察」

　歩の腕から手を離した小林さんは、心配そうに歩を見ている。

「ううん、大丈夫」

　歩は息を整えると、体勢を整えた。さっきの出来事がすべて霧散したように、歩の意識はしっかりしていた。何か糸口をつかんだ気がした。

「本当に大丈夫だから。それよりはやくお店行こ。お腹すいた」

「え、わかった。でも予定通りタコスでいいの？　こういうとき何食べればぴったりなのか皆目見当もつかないけど。なんだろ、刺身の盛り合わせとか？　そうめん？」

「なんで？」

「なんかダメージ受けてても、するする入ってきそうじゃん」

「いや、むしろタコスが食べたい」

「わかった。てか、ごめんね、ぼくが遅れたからやばいのに絡《から》まれたんじゃない？」

「いや、それ関係ない」

　二人はお気に入りのメキシカンの店のある方向に向かって歩きはじめた。小さなビルの二階にある店で、店の近くまで来て、窓に飾られた骸骨《がいこつ》の紙人形を見るたびに、ヨッシャ、食べるぞと気持ちが奮い立つ。今日は絶対ににんにくスープを頼もうと歩は思った。

この街は、夜になると、さっきまで会社で働いていた人たちが一斉に吐き出され、今度は飲食店の明るさの中に飲み込まれる。ネットで検索すると、おすすめのグルメ情報サイトが山ほどヒットするくらい、この街の食は豊かで、飽きない。

角を曲がると、老舗《しにせ》の日本料理屋が連なる小道から笑い声が漏れている。木枠の隙間から見える、スーツの上着を脱いでリラックスした会社員たちの、白いシャツがまぶしかった。

「それにしても、さっきの人、やばかったね。ああいう人見るたびにちょっと自分がこわくなる」

「どうして？」

「自分もいつか同じになるのかなって。一応同じ性別だし」

「いや、小林さんは逆に無理でしょ。男だから全員が「おじさん」になるわけじゃないじゃん」

「そうだけどさ。ねえ、「おじさん」って心のどこかある部分が動いてないように見えるときない？　動いてない部分がどうなってるのかすごく気になるんだけど」

「動いてない部分、確かに」

文房具屋やケバブ屋を過ぎると、目当ての店の、小さな柔らかい明かりが見えてくる。そして、揺れている骸骨たち。

そのとき、歩は突然の発見に思わず大きな声を上げた。

「そうか、友だちってピンクのスタンガンだったんだ」

「え、なにそれ、ピンクのスタンガン？」

小林さんは怪訝そうな顔をしていたが、歩は大真面目だった。

なるほど、なんだ、そうだったのか。

「そう、ピンクのスタンガン」

「香川さんって時々変なこと言うよね。でも、なんかアイドルの曲のタイトルにありそうだね、ピンクのスタンガン。ちょっとこわい感じが、逆にかわいいかも。こりゃヒットチャート狙えるな。ダンスは絶対、個性的な振り付けにして、お茶の間の話題をかっさらってもらいたい」

細い階段を上りながら、ぶつぶつ言っている小林さんの後ろ姿に歩は言った。

「てか、小林さん、今日のタコスナイトで話したいことがある。協力してもらいたいことができたから」

*

先を続けます。

そう、アイドルには、アイドルであるだけで力がありました。いつの時代も、人々はアイドルに熱狂していました。

でも、アイドルは、時代ごとに変化していきます。一口にアイドルといっても、彼らは同じものに熱狂していたわけではないのです。

これまでお話ししてきたように、一つのグループ体系が生み出した大人数のアイドルグループ群は、その乱立によって形骸化していきました。そんなときに、××たちは誕生しました。

同時に、日本の外の世界では、社会の変化にともない、アイドルグループにも変化が起こっていました。何事も、社会を反映するものです。日本でも、韓国のアイドルグループが人気を誇るようになっていましたが、韓国のグループと日本のそれとは大きな違いがありました。

ここで比較するのは、女性グループと、彼女たちのステージ上での「見せ方」に限りますが、当時、韓国では、女性が夢中になる女性アイドルグループの流行が顕著になっていました。

韓国の女性アイドルは、同時期の日本のアイドルが求められていたような「未熟さ」とは無縁でした。歌やダンスといったパフォーマンスや外見に至るまで、すべての出力を全開にして、彼女たちはステージに立っていました。

わたしたちもアーカイブで確認しましたが、彼女たちは、やりすぎていないか、男性にどう思われるだろうかと顔色を窺うような生ぬるい世界観とは無縁でしたし、その方向性は西洋社会のそれともシンクロしていました。

そして、日本のアイドルにはまることができなかったたくさんの日本人女性が、ステージ上で恐れを知らない強い彼女たちに夢中になっていました。彼女たちを見ていると、かわいいは強い、かっこいいは強い、どんなベクトルであろうと、出し切ったものは強いのだと、否応なしに理解できました。

一方で、日本ではまだ、世界的な傾向などには無関心を続け、アイドルの主流は相変わらず、弱々しい、可愛らしい女の子たちでした。というより、意地でも主流にし続けようとしていました。

この頃発売された、××たちのアイドル体系で過去に最も人気を博したグループの「新曲」では、ふりふりとしたメルヘンチックな衣装を身につけ、笑顔を顔に張り付かせた女の子たちが、簡単な愛らしい振り付けで踊っています。

カメラに寄られると、彼女たちは一様に、唇をすぼめてみたり、手を頰に当てて目をぎゅっと閉じてみたり、リスのように頰を膨らませてみたり、わざとつたないウィンクをしてみたり、媚びを含んだ上目遣いの表情を決めてみせます。こうすればあなたたちは納得するんでしょう、こういうのが好きなんでしょうと言わんばかりに。

このときの、彼女たちのパフォーマンス映像に残されたコメント欄にはあるパターンがあり、わたしたちは関心を持ちました。

こういうのでいいんだよ
こういうのが落ち着く
これでいいんだよ

そういった言葉が散見されました。

そこには、日本でも隆盛を誇るようになった韓国アイドルグループのブームについていけず置いてきぼりにされた一抹《いちまつ》のさみしさが見て取れましたし、何より、「強い女性アイドル」にしっくりきていない正直な気持ちが吐露されていました。

わたしたちは日本の歴史を学ぶうえで、文化風習にも触れてきましたが、「こういうのでいいんだよ」は、接待で外食が続いたサラリーマンがひさしぶりに家で家庭料理を食べたときや、夫の定年退職後に海外旅行の団体ツアーに参加した老夫婦が、現地の料理が口に合わず持参の醤油《しょうゆ》を何にでもつけるときなんかに、登場する一言です。

その同じ言葉が、アイドルの女の子に対しても使われているのは、とても象徴的ではないでしょうか。

日本で韓国の女性アイドルグループに熱狂していた大半が女性であることから、反対にうけつけなかったのは、コメントの口調からしても、中高年男性だと推察されます。若者は経験値が少なく、「こういうのでいいんだよ」という感慨を持つには、まだ若すぎます。

つまり、日本の中高年男性にとって、女の子は、自分たちを安心させてくれる、どんな意味でも脅威にならない存在だったのでしょう。いえ、どんな意味でも、脅威にならない存在であるべきだった。

ですが、パフォーマンスとして、女性たちに強さを打ち出されたくらいで脅威に感じるなんて、わたしたちは日本人男性のナイーブさに驚くしかありませんでした。

そして、以上のことからわたしたちがもう一つ確信したのは、日本の女性アイドルは、長きにわたり、日本人男性のために存在していたという、動かしがたい事実です。

本来、アイドルは商売です。商売ならば、世界の、社会の流れを読んで商品を改良させていくのが、延命の道でしょう。ですが、日本のアイドル界はそうしませんでした。それは、日本という国の、あらゆる側面に当てはまるパターンであるようにわたしたちには見えました。

今回リサーチをしてみて、わたしたちはその理由がはっきりわかったような気がしています。すべてが日本人男性を基準にして考えられているからです。

男性にとって都合の良いアイドルがつくり上げられ、もし女性が彼女たちのファンになりたいのなら、ご自由に、といった具合でした。

アイドルの女の子たちが男性たちの許容する範囲をはみ出していない限り、女性たちが女性アイドルのファンになってもたいして気にもとめる必要はありませんでした。本来、それは彼らのものだからです。ちょっと貸してやっている、くらいの気分だったでしょう。

そんな状況で、女性ファンのために存在し、女性ファンのためにパフォーマンスをする韓国の女性アイドルに、老いも若きも、日本の女性たちが夢中になったのも無理はありません。彼女たちは、彼女たちのものだったのですから。

その道理もわからず、韓国のアイドルにはまる日本人女性を揶揄する日本人男性は少なくありませんでしたが、「男性を立てる」よう教育を受けたはずの日本人女性の長所の一つは、ある段階を超えると、リミッターがはずれ、暴走できるところです。彼女たちは、彼女たちの「好き」に邁進しました。

話はずれますが、「男性を立てる」という表現は、とても不思議だとわたしたちは思いました。まるで、男性は一人では立っていられない、自立ができない、骨と筋肉がぐにゃぐにゃの、めずらしい生き物のようです。あまりにも女性のケアを必要としていたようなので、もしかしたら、実際にそうだったのかもしれません。写真が記録に残っていないのが残念です。

さて、わたしたちのリサーチによると、以上が当時の状況でした。

その中で、××たちグループの位置づけが特殊であることは、やはり間違いないことでした。男性のためのアイドルとも、女性のためのアイドルとも、断言できない独自性が彼女たちにはあったからです。

本来弱いはずの女の子たちが必死で強くあろうとする、その「健気《けなげ》さ」を男性たちは娯楽として楽しもうとしたのかもしれません。しかし、「健気さ」というよりも、自分たちに与えられた曲に対する××たちの真剣さが、わたしたちにはより伝わってきました。×

×たちは、男性たちの意図を汲《く》むのではなく、楽曲の意図を汲んだように思えます。お話しした通り、××たちが歌ったのは、反骨の、反逆の歌でした。強い女性を過剰なほど恐れ、嫌悪する日本人男性の性質を誰よりもよくわかっている、自身もその一員であるプロデューサーが、こんなアイドルグループをつくったことに驚きます。

　本当に、何の影響も及ぼさないと思っていたのでしょうか？　それとも、マッドサイエンティストのように男性社会にとって話題性のあるアイドルを次々と生み出したプロデューサーも歳を取り、良心が芽生え、どちらに転んでもおかしくないアイドルグループをこの世に解き放ったというのでしょうか？　この後に起こることを見越した、まるで一つの実験のように。

　そこのところは、今になってはわかりようがありません。

　そして、繰り返しになりますが、××たちの存在は異質でした。ほかの日本のアイドルたちは、男性たちに向かって媚びを売れ、笑顔を絶やすなと強制されていました。日本という国は、空気という、見えないものをなんとかして読もうとする不可思議な国でありながら、世界に対しては、まったくというほど、空気を読みません。あくまでも、自国の中でお互いを縛り合い、「先進国」というかつての栄光にしがみつき、変化を良しとしませんでした。ただでさえ取り残されていく一方だったうえに、しかも、くじにも弱かった。

「うわー、まだ産んでるよ」

「なんで産みたいと思えるんでしょうね、確実に育てにくい社会にしているはずなんですけどね」

「意外としぶといな」

「もう一段階、産みにくくしてみましょうか？」

「それで頼む」

流出した音声の意味を、最初から理解できた者はいませんでした。

＊

中埜《なかの》由紀《ゆき》は片手を赤ん坊の頭に添え、もう片方の手でスマートフォンの画面をスクロールしていた。

四ヶ月になったばかりの奏汰《そうた》の小さな口が由紀の左の乳首をきれいに隠している。鏡に映ると自分でもぎょっとするくらい真っ黒になった乳首は、卒乳すれば元に戻るとネットや育児書には書かれているが、今の由紀には想像がつかない。それぐらい黒い。

人体の不思議。

真っ昼間の部屋で、上半身まるだしで授乳をすることに何の恥ずかしさもなく、思えば、奏汰が生まれた瞬間から、恥ずかしさなど一度も感じていないかもしれなかった。すべてが、スイッチが切り替わるように、日常になった。

時々、街中やデパートを歩いているときなどに、自分は今胸を出しっぱなしにして歩き回ってはいないだろうかと、はっと不安にかられ、自分の胸を確認してしまうことがある。もちろん服はちゃんと着ているのだが、それぐらい胸は隠さないといけないもの、という感覚が、由紀の中で希薄になっている。

こうなってみると、「公共」の場での授乳に対して議論や批判が集まるなんて、心底馬鹿馬鹿しく感じられる。授乳は、あまりにも当然のことだから。授乳に拒否反応を示すのは、自分は女性の体を性的に見ています、と宣言しているのも同じことだ。勝手に性的に見ておきながら、同時に子は育ててもらいたいが、子は産んでもらいたいが、その際は四六時中気を抜かずにマナーをわきまえろ、というのはむちゃくちゃだ。

同じ体なのに、性的に見られたり、見られなかったりすることが不思議だ。

今、ある意味では、胸も乳首も性器も、子どもを産むための、育てるための、ただのパーツだ。子どもを産んで、由紀は性的ではない自分の体を知れた。自分がその感覚を知っているのはとても落ち着くことで、だから、今さら外から性的な視線を持った人々の文法を使用されても、ピンとこない。

それに、このニュース。

ふさがっているのとは反対の胸の奥がじーんと痺《しび》れる、まるで両方の胸が響き合うかのようないつもの感覚がある。

人体の不思議。

再び、もう何度思ったかしれない感慨を由紀は思う。

いったん開いていたページを閉じ、授乳時間を測るアプリに戻ると、「左乳」と表示されているストップウォッチのグラフィックはすでに八分を超えている。

由紀は停止のボタンを押すと、奏汰の口に指を入れ、左の乳首から離すと、体の向きを変える。何度も繰り返した一連の動作の最中も、奏汰の目は閉じられたままだ。あまりにも小さい手足が時々動く。

今度は右の乳首に奏汰を誘導すると、何の疑いもなさそうに口に含んだ。必要な液体が出てくる場所、ぐらいにしか感じていないのだろう。由紀は「右乳」の開始ボタンを押した。

再び、ネットの画面に戻る。

由紀のスマートフォンの検索履歴は、あるときから「妊娠中」ではじまる膨大な数の問いで占められるようになった。

妊娠中　生ハム　食べてしまった
妊娠中　トキソプラズマ
妊娠中　刺身　食べてしまった
妊娠中　カフェイン　飲んでしまった

妊娠中　お腹　痛み
妊娠中　生野菜に虫
妊娠中　風邪薬　市販
妊娠中　遠出　どこまで

なにかあるとすぐにスマートフォンをにらみつけてばかりいる由紀を見かねて、気にしすぎだから精神的によくないから大丈夫だからと夫や友人たちは検索しないよう忠告したが、何が大丈夫なのかわからなかった。突如として投げ込まれた広大な不安の海の中で、正解もわからず、そもそも正解など存在していないかもしれず、少しも大丈夫だと由紀は思えなかった。

検索するなと由紀にアドバイスする人たちは、由紀の気持ちや不安をわかってくれているようには感じられなかった。どこか必死さをまとったトーンで知恵袋や質問サイトに質問を書き込んでいる人たちのほうが、それがたとえ数年前の質問でも、近しく感じた。そして、彼女たちは今どうしているだろうかと思い巡らせた。

授乳中　量　足りているか

授乳中　カフェイン　飲んでしまった
授乳中　刺身　食べてしまった
授乳中　チョコレート　影響
授乳中　市販薬
授乳中　乳首　痛み
授乳中　肩　痛み
授乳中　胸　痛み

奏汰が生まれると、何度タイプしたかもわからない「妊娠中」という単語は「授乳中」に代わった。

さらには赤ん坊や社会保障に対する不安や謎も膨れ上がり、相変わらず由紀は無数の問いの答えをネットに求め続けている。

ネットに書いてあることが正しい保証などどこにもなく、特に知恵袋など、素人同士の意見交換に過ぎず何の根拠もない場合も多い。それでも、「大丈夫」と誰かが書き込んでいる、その言葉のほうが、どこか他人事であるかのような夫の気楽な「大丈夫」よりも数段慰《なぐさ》められた。知恵袋に救いを求めてしまう見知らぬ誰かの切実さに、時間や場所を超えて、由紀は共鳴していたのだ。

さっき開いていた画面には、このところ大騒ぎになっているニュースの続報が書かれている。

流出した数人の政治家たちの音声は、当初、暗黙のうちに報道規制が敷かれているテレビでは報じられることはなかったが、またたく間にネットで拡散された。

そうなると、テレビでもその話題に触れないわけにもいかず、この頃では、ニュース番組でも取り上げはじめた。

とはいえ、相変わらず、呑気にバラエティ番組やドラマなどを放送している時間がほとんどで、どこか緊張感に欠けたままであるのは、この国がこれまでに構築したムードの強固さを改めて示していた。

正確な時期はまだ明るみに出ていなかったが、おそらく前世紀の終わりあたり、日本は、人類の環境への破滅的な影響を軽減するため、各国の代表者と秘密裏に行われたくじではずれを引き、「縮小国」の第一国目に選ばれた。

以来、政府は国を畳《たた》もうとしている。

国を畳むためには、人口を減らすしかなかった。表向きは民主国家として機能させながらも、人口を減らすには、産みたくない国をつくり上げる必要がある。

もともと「おじさん」に牛耳られ、出産や子育てに対する社会保障や整備が遅れていたことが幸いした。政府は、その遅れを、さらに後退させた。

世界で日本だけが取り残されようとも結婚する女性から名字を奪い、「家内」という言葉通り母親になった女性をそれまでの仕事や生活から引き剥がし、家の中に閉じ込める。出産は病気ではないという無理やりな主張を続け保険の対象外にし、無痛分娩は高額にし、陣痛の痛みを母親の愛の深さに紐づけ、女性に罪悪感を抱かせるよう社会通念を操作。育児手当金はすずめの涙レベルに設定し、保育園の数が足りることなどないように気を配る。ベビーカーの子ども連れへの苛立ちと嫌悪感が噴出する、子育てに理解のない社会をつくり上げる。

これでも産めるか、まだ産めるか、産めるというならさらに産みにくくしてやる。政府はトライ・アンド・エラーを繰り返したが、隠された政策は概《おおむ》ね功を奏し、出生数は確実に減り続けた。二〇一九年、厚生労働省が発表した出生数は九〇万人を割った。それでも、政府の目標には遠く及ばなかった。

「うわー、まだ産んでるよ」

「なんで産みたいと思えるんでしょうね、確実に育てにくい社会にしているはずなんですけどね」

「意外としぶといな」

「もう一段階、産みにくくしてみましょうか？」

「それで頼む」

彼らサイドから状況を鑑みれば、この会話も宜《むべ》なるかなではあった。

明るみに出た事態は世界を揺るがす大事件ではあったが、自分の国も関与していたという事実に報道も自然と歯切れが悪いものとなり、どちらかといえば今後決まるはずである第二国目になることをいかに避けるか、いやもうすでにほかの国々でもとっくにこの縮小政策は取られているはずだといった対策と推測に進みがちで、当事者であるはずの日本はもともと歯切れが悪い国だった。

由紀はそのすべてを、奏汰に授乳しながら、布団に下ろした瞬間泣き出す奏汰を抱えてあやしながら、奏汰のおむつを交換しながら、目にした。

全国民にとってはもちろん、ゼロ歳児をこの世に誕生させたばかりの由紀にとって悪い冗談のようなニュースではあったが、ずっと答えがでなかった問いに答えが与えられたようにも感じられた。

妊娠中、由紀の膨れ上がったまん丸のお腹を見ても優先座席で寝たふりをしたサラリーマンとだらしなく足を突き出してゲームをやり続けた男子高校生の前で立ち尽くしたときも、突如として「妊婦加算」が出現したときも、奏汰が生まれて間もなく「後期高齢者支援金」を徴収する旨が書かれた通知が届いたときも（ゼロ歳児がどうやってお年寄りを「支援」できるというのだろう）、相談に行った区の係の人に今の段階で保育園の入園待ちの長いリストがあることを告げられたときも、三つ子をワンオペで育てていた母親が育児ノイローゼで子どもを床に叩きつけてしまった事件を知ったときも、国民の生活が次々と切り詰められていくのにオリンピックや万博が開催されると発表されたときも、環境に対してなんの知識もないに違いない男が環境大臣に任命されたときも、何かおかしい、この国は何かおかしいと、違和感なしでは一日だって暮らせなかった理由がようやく与えられたのだった。

案の定、ツイッターでフォローしている育児アカの母親たちも、怒りの表明とともに、

「やっぱりおかしいと思ってた！」

「不謹慎だけど、なんかホッとしてしまった」

「そりゃそうだよね！」

と、合点がいったと納得している様子が窺えた。

確かに、なんの裏もなく、普通にこうだったとしたら、本当に最悪な国でしかなかっただろう。

小さな画面を流れていく女たちの言葉に向かってうなずいていると、満足したらしく、奏汰が乳首から口を離した。

七分四〇秒。

由紀は「右乳」のストップウォッチを止めると、すでに寝息を立てはじめている奏汰を縦に抱き、下から上に背中をさすってげっぷを出してやろうとする。げっぷが出ないことも多かったが、今日はうまくいった。

奏汰を布団に横たえ、すっかり慣れた手順でおくるみでくるくるとくるんでやった。

出生数が九〇万割れ。

その九〇万の数字の中に奏汰が入っていることに、由紀は少しも実感が持てなかった。奏汰に関係があるとはまったく思えなかった。それはただの数字だった。

真昼の光を浴びて、奏汰は気持ち良さそうに眠っている。あと数時間たてば、また真っ赤な顔で泣き出すのが信じられないくらいだ。国が終わっていくなんて信じられないくらいだ。まつ毛がまだ短いせいで、目元がまるでナイフで二ヶ所切り込みを入れられたようにくっきりしている。

今この時間に、片付けてしまわなくてはならないことはいくらでもあったが、寝ることに何の躊躇もない寝顔に誘われるように、由紀は奏汰の横に寝そべると、目を閉じた。

目の奥で、さっき液晶画面に映し出された場所と日時が赤く明滅していた。

空は晴れ渡り、奏汰は紐というレベルからすでに独自の進化を遂げた抱っこ紐の中でぐっすり眠り込んでいる。それだけで由紀は、心強い気持ちになった。奏汰の普段の行動範囲からすればはるか離れた場所にいるというのに、まったく頓着《とんちゃく》せずに、堂々と寝息を立てている。

由紀が抱っこ紐を買う前、誰もがつけているあのアイテムは何という名前なんだろうと検索し、インスタグラムのタグにようやく行き着いたときの、え、これ、紐じゃなくない？　少なくともリュックとかかばんの一種じゃない？　と戸惑ったこともすでに遠い。子どもを産む前は一切必要ではなかった数々の新しい情報、そして商品名が、あっという間に由紀の中に蓄積され、それらは新たな知識として由紀を新鮮な気持ちにさせてくれた。何事も学ぶのは楽しい。

退院以来、奏汰を外に連れていっていなかった由紀は、一ヶ月健診の際にこんな小さな生き物を連れ歩くなんて正気だろうかと不安が募り、その頃売られていたなかで一番丈夫そうなごつっとした素材の最新の抱っこ紐を選んだ。

何度も奏汰と外の世界に出かけるたびに気負いや恐れもだいぶ薄れ、まるで特殊部隊の防弾ベストをつけたような自分がなんだか恥ずかしくもあり、どんな格好をしていてもこの抱っこ紐ですべて無効化されてしまうこともあり、もっとナチュラルな素材でつくられた抱っこ紐を涼しげにつけた人たちが羨ましくもなるのだが、由紀の胸とがっしりとした抱っこ紐に挟まれ安心そのもので眠っている奏汰を見ると、やはり自分はこれで良かったと思うのだった。街中で同じ抱っこ紐をつけている人とたまにすれ違えば、相手もやはり雰囲気がいかつく見え、自分もこう見えているのだなと再確認しつつ、同志を見つけたようでうれしかった。

集合場所の音楽堂もある大きな公園には、多くの人が詰めかけていた。ほとんどが女性だが、男性の姿もちらほら見える。

集まりの趣旨からして子どもが泣き出したとて冷たい目を向けられたりはしないはずだったが、目覚めた奏汰がぐずったり泣き出す可能性も十分にあったので、由紀は念のため、混み合っていない後ろのほうにいることにした。

見回すと、子連れの女性たちやベビーカーの夫婦らが、同じように後方に陣取っている。幼稚園ぐらいの男の子が小さなプラカードを、両手をいっぱいに伸ばして掲げていて、母親らしき女性が笑いながら、その姿をスマートフォンで写している。

木陰で、まるでダンスを踊るようにゆらゆらと揺れている、抱っこ紐をつけた女性と目が合い、どちらともなく近寄る。

　女性の抱っこ紐の中では、奏汰よりはやく生まれていそうな体のしっかりとした女の子が指を吸いながら、眠っている。育児書には、こうなったら何ヶ月、何ヶ月では何ができますと、成長段階がいろいろと書かれているが、結局目安でしかないので、奏汰以外の赤ん坊が何ヶ月、もしくは何歳なのか、由紀は当てられたためしがない。

「よく寝てますね」

　由紀が声をかけると、

「そちらも」

　と彼女も奏汰を見て微笑む。

「何ヶ月ですか？」

「今、四ヶ月です」

「うちはこの前七ヶ月になりました」

「わ、すごい、まだその頃が想像つかないです」

「つかないですよね、私もそうです。今のことしかわからない。というか、今のこともわかっているのかわからない」

「わかります、一緒です」

小柄な女性はショートカットに紺色のベレー帽がよく似合っていた。抱っこ紐はアウトドアブランドのメッシュタイプ。

妊娠中から、産婦人科で目にする女性のベレー帽着用率の高さが由紀は不思議だったのだが、三十代の半ばで出産した自分自身も産後に白髪《しらが》が急に増え、ベレー帽の理由がわかった気がした。毛が抜けたり白髪が増えたりというさまざまな不調をごまかしつつ、なんとなくおしゃれしているように見えるのがベレー帽だったのだ。

前のほうでざわめきが起こった。

デモの主催者たちが出てきたらしく、数人の女性が台の上に立っているのが見えた。

「彼女たち、普段は普通の会社員らしいですよ」

背伸びをするようにして前を見ているベレー帽の女性が、抱っこ紐ごと娘を抱きしめるようにして言う。

「そうなんですか」

由紀も我知らず、抱っこ紐ごと奏汰の感触を確かめる。柔らかさのかけらもない強い素材が、奏汰の柔らかさを守っている。

台の上の女性たちは、会社に通ったり休みの日に遊びに出かけたりするのと同じような服装だった。由紀たちと何の違いもない。ＳＮＳでデモの開催日時を確認した際に目にした、「敬子」「香川」といった主催者たちの名前の欠片が由紀の脳裏に一瞬浮かんだ。

「それにしても、そのピンク色の髪の毛かっこいいですね」

気づけば、ベレー帽の女性は由紀の髪をしげしげと見ている。

「あ、ありがとうございます。白髪が増えて、思わずやっちゃいました。そんなに外出ないんですけどね」

「いいと思う。ロングヘアーにすごく似合ってる。私の好きなアニメのキャラクターみたいです」

「へー、どんなアニメですか？」

「女の子が世界を革命する話です」

そこで拡声器から声が放たれ、由紀と女性は思わずそろって手を叩いた。

＊

香川歩は涼しい顔でショコラショーのアイスという、言語矛盾を起こしている飲み物（ショーは熱いという意味だと何かで読んだことがある）をすすっている敬子を呆れ顔で眺めた。

「心配したんですよ」

「うん、そうだよね」

「二週間も何してたんですか？」

敬子は上にのせられたバニラのアイスクリームを細長いスプーンですくうと口に持っていき、そんなうれしそうな顔は子どもでもしないですよと歩が言いたくなるくらい、にこにこと味わっている。

そのままの調子で、まるで普段の近況報告をするみたいにして、敬子はこれから起ることを歩に話した。

官邸前のデモが決壊した瞬間、××の姿を目にした敬子は、気づけば、前に向かって駆けていく人の波からまっしぐらに逆走していた。

「なんかいざとなったら、デモより推しだった」

そのときの自分の行動を、半ば自分自身に驚くように、半ばはにかむように敬子は回想し、歩はそんな敬子に無表情という突っ込みで応えた。

全力疾走をする人々にぶつかりながらも、××が消えたその一点をめざし、敬子は走り、そして、やはり見つけた。見間違いではなかった。

敬子が液晶画面上で何度となく再生した××が、突然ギアが入ったごとく走り出した周囲の様子に戸惑うように、その場に立ち尽くしている。

この段階で、本当に自分の見間違いではなかったことに、敬子は今さらながら動揺し、足を止めた。

まるで海が割れるように、まっすぐに立つ少女の周りを怒濤《どとう》のごとく駆け抜けていく大人たち。

目の前に広がる光景はまるでミュージックビデオの一シーンのようで、スローモーションがかかっているようで、つくづく絵になる、絵になってしまう××の姿から目を逸らせず、現実の彼女を見てもそう思ってしまう、自分の、この目を潰したいと敬子は思い、思わず目をぎゅっとつむった。

それでも、敬子の目は潰れなかったし、××は存在していた。

二十メートルぐらいだっただろうか。

人生で最も緊張した二十メートルだった。

敬子は勇気を振り絞って、その二十メートルに踏み出した。

「え、めちゃくちゃすごいじゃないですか。しかしオタクの妄想みたいな話ですね。本当に妄想じゃないんですよね？」

念を押すと、敬子は至極真剣な表情で神妙、かつ深くうなずいたが、普段から真剣な表情で妄想や夢物語をさもさも現実のように語ってくるオタクの友人たちを多数知っている歩としては、いまいちまだ信じきれないところもあった。

敬子は先を続けた。

二十メートルはあっという間だった。

心を決める、といっても何を決めるのかもわからないが、心を決める余裕がある距離ではなかった。近づいているのは敬子だったが、感覚としては××がどんどん近づいてくる。この状況で自分に向かってくる女に××が怯えないはずがない。はっとそう思い至り、再び足を止める。

××と敬子の間、およそ三メートル。

××の瞳の中に敬子が入ったのが、敬子にはわかった。××は自分の前で停止した謎の女の存在を前に、さすがに怪訝な表情になった。いつでも動けるように、片足のかかとが浮く。けれど、敬子にはもう怯む余裕もなかった。

「ここで何をしてるんですか？」

頭が真っ白だと思っていた敬子の口から言葉が飛び出した。

自分はそれが聞きたかったのかと、まるで他人事のように敬子は思った。

「見に来たんです」

××は答えた。聞かれたから答えた、それだけの口調だった。

「何をですか？」

「人です」

「人ですってどういうことですか？」

歩はよくわからず敬子の話を遮ったが、敬子はまあ待てと、宇宙人が挨拶《あいさつ》するときのようにぴんと伸ばした片手で制した。

その後、二人はお茶をした。

起こったことは起こったことだ。

お茶をしませんか。

そう××に言われた敬子は、あ、はい、としか返すことができず、二人はデモから離れ、いたるところに立っている警官たちと視線を合わさないようにして歩き、少し歩いたところに見つけたカフェに入った。

そして、敬子はこれから起こることを××から聞いた。

くじに負け国を畳んでいく計画を隠し続けることに限界を感じ、というか面倒くさくなり、総理大臣を含む各大臣は自ら事実をリークすることにした。そうすれば、これ以上体裁を取り繕う必要がなくなり、大手を振って責任を放棄することができる。

けれど、大失敗をした最後の政権として歴史に残ることは体面上避けたいため、より大失敗する政権を最後に立てようとしている。それが××たちだと。

すでにオファーがあったと、××はアイスのレモンティーをすすりながら、敬子に淡々と話した。

これぐらいになってくると、事態の深刻さもあり、目の前に推しがいる状況に敬子も慣れつつあり、いちいち絵になる、などと思わなくなってきた。推しも人間なのだから、人間としてお互い接するのは当たり前のことだ。

事務所は大きな仕事が決まったと大喜びでオファーを受け、最高のエンターテインメントにしなさいと、あの男は腕を組んでにんまり笑ったらしい。どれも、敬子には容易に想像することができた。

アイドルに国を担わせて失敗するのを笑って観賞する。それが、この国の男たちが最後に考えた娯楽であり、癒《いや》しだった。

自分たちの失敗をどうにもならなくなったところで女性に尻拭《しりぬぐ》いさせるのはこの国の男たちが日常的に繰り返してきたことであり、しかもエンターテインメントにして話題を集めることができるなんて、金儲《かねもう》けもできるなんて、一石二鳥、いや三鳥でしかなかった。どんな危機的状況になろうと、いや、危機的状況だからこそ、女性を消費できるだけ消費する。その態度は筋金入りだった。

いくらこれまで真面目に仕事に取り組んできたとはいえ、このタイミングで国を丸投げされた××たちはさすがに戸惑った。

××たちが必死にがんばり、それでも失敗し、国民たちを感動させる。もしくは、批判の矢面《やおもて》に立たされる。それは、こんな局面でなくても、女の子たちに、女性たちに、常日頃から求められていることではあった。何の難しいこともない。嫌なら彼女たちには「卒業」するという選択肢が残されていた。事実、数人のメンバーは「卒業」を選び、発表のタイミングを待っていた。

「わたしはまだ迷っていて。だから見に来たんです、人がどうしているか」

グラスの中で水分を見つけられなかった××のストローが、ずずっと音を立てる。

「人はどうしていましたか？」

敬子はそう尋ね、コーヒーゼリーを口に運んだ。このチェーン店のコーヒーゼリーはおいしい。

「わたしたちが歌ってきたように抗っていました。抗っている人と話したかったんです。どうしたらいいと思いますか？」

そう聞かれても、敬子には少しも迷いはなかった。なぜ二人が出会い、今この場所にいるのか、すっかりわかっていた。

「××さんはどうしたらいいかもうわかってますよね」

「でもわたしたちだけでできるかどうか」

「わたしたちが支えます」

「なぜそうしてくれるんですか？」

「ファンだからです。アイドルとファンは支え合うものです」

思えば、なんだっていつも、お茶の最中に語られてきた気がする。

今こうやって歩と敬子が、何十回目かのお茶をしているように。

「だから香川さん、わたしたち、やることがある。この二週間の間、××さんと連絡を取り合って、状況も逐一教えてもらって、準備ができた。まずはデモやろう」

　アイスのショコラショーを飲み干しながら、敬子が言う。

「了解です」

「飲み込みはやいね」

　うなずきながら、そういえば、自分も話さなければならないことがあったと歩は思い出した。

「あの男、会社から追い出しましたよ」

「え、どうやって？」

　もう一杯飲もうかな、ケーキがいいかなと、メニューを再び鋭い目で眺めていた敬子は、さすがに顔を上げた。

「表沙汰になっていなくても、きっと同じようなことを何度もやってるはずだと思ったんです。だから、小林さんとかほかの非正規の子に情報を回して、変な目に遭った人がいないか聞いてもらったんです。そしたら、いました、今会社にいるだけで四人。一時期変に粘着されたり、セクハラまがいの妙な言動をされたり。くやしいですけど、もしかしたらもう会社を辞めてしまった人もいるかもしれないです」

「そうだったんだ」

敬子は思わず息を吐いた。

「はい、それですべてまとめて人事に教えてやりました。あの男は人事に呼び出されて、結局部署異動っていう生ぬるい結果になったんですけど、私たちが噂を社内全域にまで広めてやりましたし、プライド的に限界だったみたいで、それで会社に来なくなりました。拍子抜けするくらい簡単なことでした」

何事もないようにカフェオレを飲みながらどしどし話す歩の耳元で、ロングチェーンのピアスがゆらゆらと自信たっぷりに揺れている。そのピアスの先に気を取られながら、

「どうしてそこまでしてくれたの？」

と敬子は聞いたが、

「倒すって、決めてたからです」

という彼女の早口の返答に、たいして驚きはしなかった。今みたいに、向かい合った席で働いていた頃から、何かに怒ったような顔でピンクのスタンガンを持ち歩いていると言っていた頃から、歩がこういう人だとわかっていた気がした。

「どうやればいいのかとか、タイミングとか、そういうの全然わからなかったし、本当にできるのかも自信なかったですけど、でも、いざとなったら、できました。あの男も、非正規の、違う部署の女の人たちがつながることなんてないと思ってたから、ああいうこと

したんですよね。ムカつく。だから、つながってやりました。だから、わたしたち、つながって、やってやりましょう」

「うん、やってやろう」

空になったグラスと飲みかけのカップが、空中で触れ合い、かちんと小さなゴングを鳴らした。

*

そして、革命がはじまりました。

日本という国が畳まれている最中だったことが報道されると同時に、女性たちはＳＮＳで呼びかけをはじめ、人々は次第に集まりはじめました。

いつからか、日本人は集まることが、デモが苦手でした。

比較するために、ほかの国で行われたデモのアーカイブをわたしたちは確認しました。国民のことを考えているとは思えない政治家が出現したり、国民のことを考えているとは思えない政策が進められそうになったりすると、人々はわっと外に出てきます。普段は生活のために使用されている通りが、一瞬で人の波に埋め尽くされ、抗議の場所に変わります。その様子を捉えた映像にわたしたちは目をみはりました。

でも、日本では、国民のことを考えているとは思えない政治家が出現したり、国民のことを考えているとは思えない政策が進められそうになっても、人々は外に出てきません。通りは埋め尽くされません。このときも残念ながらそうでした。

それに国が畳まれはじめたところで、これまでの生活がいきなり断ち切られるわけでもない。すべてが縮小していくだけ、ゆっくりと終わっていくだけ。これまで通りの生活を続けられることに安堵する人も多く、高齢の人ほど無関心でいられました。

このとき集まった人々は、自分が何を求めているのか、なぜ行動しなければいけないと感じているのか、自分でもまだよくわかっていなかったのではないでしょうか。それでも、居ても立ってもいられなかった。

だから、拡声器から聞こえてきた、主催の女性たちの呼びかけにそこまで驚きはしなかったでしょう。

意外にも、彼女たちから発せられたのは、終わることに対する怒り、そして不満ではありませんでした。代わりに、本当に日本が終わるならば、最後に実験をさせるよう、彼女たちは主張しました。

「もう何もできないのなら、このまま終わってしまうなら、最後の時間を私たちがもらいましょう」

拡声器からその言葉は拡大され、届きました。

この社会は、これまで「おじさん」によって運営されてきた。どんな場所でも、「おじさん」が仕切っている限りは、例外なく同じ結果になった。

　社会が「おじさん」によって運営されている限り、女の子は、女性はどこにいても、何をしていても、「おじさん」の手から、「おじさん」の目から、自由になることができない。最後ぐらい「おじさん」から自由になりたい。「おじさん」が決めない世界を見てみたい。「おじさん」がいなくなれば社会構造が劇的に変わるはずだ。その社会を見たい。今の社会構造にうんざりしているから、飽き飽きしているから、いいかげん絶望しているから、新しい構造が見たい。

　それが彼女たちの願いでした。

　そして今、世界中で「おじさん」によって運営されてきた世界が衰退し、危機に瀕《ひん》している。それはつまり、「おじさん」のつくったルールが間違っていたということだ。進化論を出すまでもなく、生存を脅かす種は淘汰《とうた》されてきた。ならば人類の生存を脅かす「おじさん」が絶滅すべきだったのに、ここまできてしまった。もう後戻りのできないところまで。

　女が大統領になるくらいだったらあらゆる面で醜悪な「おじさん」を大国の大統領に据えて世界を危険に晒すほうを選ぶように、女が相撲の土俵に上がることが人の命がかかっている時でさえ許せないように、深刻な環境破壊よりもそのことを真剣に訴える三つ編みの女の子の口調が気に入らないように、このままきっと「おじさん」によって国が滅び、世界が滅びる。「おじさん」によってみんな死ぬ。

日本はもう終わりが決まっているなら、わたしたちは見たかったものを見る。終わるなら終わるで、最後ぐらい好きにさせろ。

彼女たちは語り、気がつけば、その場は大きな喝采《かっさい》に包まれていました。この日の映像はＳＮＳで拡散され、集まりは次第に大きくなっていきました。

そして、政権に就いた××たちは、「ファン」と打ち合わせしていた通りに、さっさとその希望を叶えました。これまでの政治がいかに国民の多くをないがしろにしてきたかに言及し、国民の意思に応えるというかたちで。

アイドルたちに政治を押し付け、最後まで自分たちを「慰安《いあん》」してもらおうとしていた「おじさん」は驚きましたが、すでに後の祭りでした。

社会はひっくり返りました。

いえ、ひっくり返ったように感じ、驚いたのは、「おじさん」だけだったのかもしれません。

社会を変える。

そうは言っても、材料はすでに出尽くし、そうは言っても、ゆるやかなタイムリミットがあり、そうは言っても、ここから発展することは許されていませんでした。

発展することなく、静かに終わっていく。

実際、それは、そんなに難しいことではありませんでした。

個人レベルで言えば、これまでと同じように生きればいい。子どもがいる人もそのままこの小さな国で生きていくことができましたし、子どもの将来を憂えて、ほかの国に渡ることを希望する人々はそれを許されました。日本の状況に興味を持ち、一時的に移住を申請する酔狂な人もいました。いい機会だと、海外に出て行く女性も少なくありませんでした。今さらこの国と心中する必要は微塵もなかったからです。「ファン」の一人は、頃合いを見て、妹の住んでいる国へと向かいました。そしてそこから「ファン」を続けました。

失敗していくアイドルを肴《さかな》に悠々自適に余生を送ろうとしていた「おじさん」だけが、本気で国を良くしようとしはじめた××たちの姿に唖然《あぜん》とし、斜めの角度で腕を組んだままソファーから滑り落ちたり、顔を真っ赤にさせて怒り狂ったりしました。

しかし、アイドルの女の子たちが何のサポートも受けられず一から奮闘するほうがエンターテインメントとして盛り上がるだろうと、彼女たちに丸投げした以上、今さら「おじさん」の抗議に耳を貸す人などいませんでした。

××たちが失敗する姿を「おじさん」が見たいのなら、失敗しなければいい。

もちろん、ここでいう「失敗」とは、「おじさん」の文法上の失敗です。××たちと「ファン」たちは協力し合い、社会を調整していきました。最後の冗談なんかに決してさせないために。

女に管理などされてたまるかと、新天地を求め渡航する「おじさん」も稀《まれ》にいましたが、「女に管理されている国」が案外と多いことを発見し、言葉の問題もあり、かつての日本のように住み心地が良い国などないのだと、あれは特殊だったのだと、肌身で感じる結果となってすごすごと退散しました。「おじさん」は自分たちの楽園をみすみす手放し、その楽園は二度と戻ってきませんでした。

どちらかといえば、××たちは、自分たちに課せられた仕事がいかに簡単であるかに驚きました。

なにしろ「おじさん」が自らの利益のために行っていた一切合切《いっさいがっさい》を、まるで緩衝材《かんしょうざい》をぷちぷちと潰すように一つずつ取り除いていくだけで、見違えるような社会になるのだから。なんて面白いんだろう、と××たちは驚嘆しました。教育、労働、経済、インフラ、すべてが変わりました。これ以上発展してはいけない、という枷《かせ》が、ことをむしろシンプルにしました。

××たちは「おじさん」が「おじさん」の力を発揮してしまわないように、法を整備し、背く「おじさん」には容赦なく厳罰を与えました。よもや性暴力を犯すなど考えられないくらいぶるぶる震え上がる厳しさでした。

え、ひどいですか？

これまで与えられるべきだった罰ですし、それに本人が「おじさん」でなくなれば済む話です。そのうち「おじさん」はあまり目立たなくなり、やがて見えなくなりました。それだけでもやった甲斐《かい》はありました。

そして長いときが経ち、日本はきれいに畳まれました。

わたしたちが体を失って、もうずいぶん経ちます。どれくらいかは覚えていない。

体を失ってわたしたちが発見したのは、自分の体が自分のものでしかないとき、体自体が必要じゃなくなることです。

現在のわたしたちの体は、見られない、利用されない、搾取されない、監視されない体です。既存のいかなる文化体系にも属さない体。

体がなくなって、ようやくわたしたちはそれを手に入れることができました。

「おじさん」がいなくなってだいぶ改善はされたけれど、肉体があるうちは、やっぱりどうしても無理だった。なぜなら、どうしたって体は有限であり、体は裏切る。それを知っている人間同士だからこそ、お互いの体を認め、尊重すべきだったのに、人類はそれを怠《おこた》りました。

「おじさん」のつくった社会は、他者の体と心を辱めることにあまりにも情熱を注ぎすぎた。その中で人間に生きろと強いるのは、人類への冒瀆《ぼうとく》でした。それで「おじさん」は幸せだったのでしょうか。わたしたちの目には、あまり幸せそうには見えませんでした。それが最大の謎でした、「おじさん」が幸せに見えないことが。何が「おじさん」のモチベーションだったのか、いまだにわたしたちには理解できません。おそらくこのまま、永遠に謎のままでしょう。

今のわたしたちには、ピルもナプキンも針もシルバーの冷たい光ももう存在しない。必要ない。高層ビルがなくなった緑の土地だけがある。「おじさん」にあんなにも蹂躙《じゅうりん》されたというのに、失われなかった緑。それは誰かが待ち望んだ未来の景色として、とてもしっくりくる。

わたしたちは、今や、わたしだ。もう残っているのはわたしだけ。

でも、わたしの中にみんながいる。

いつの間にか、わたしはわたしたちの名前を忘れてしまった。

わたし自身の名前を忘れた。

かつてのわたし、××という記号の中にはどんな言葉でも入る気がする。けれど、思い出せない。わたしはわたしの名前をわざと忘れた気もする。次のはじまりに、新しい名前をつけるために。

思えば、わたしは見せてやりたかった。

新しい世界を、ずっと見せてやりたかった。

それが可能なことだって、ずっと可能なことだって、見せたかった。だからやってやった。最後の実験です。やれると記録に残すために。わたしたちがつくった社会が最後の日本になるように。それはなんて楽しい経験だったのだろう。本当に楽しかった。

そして、日本は終わった。悪くない終わりだったと思う。もちろん、あのまま続けることができたらもっと良かった。でも、今回は仕方ない。

時間はたっぷりあるから、起こったことを、起こらなかったことを、わたしは何度も語り、語り直し、検討し、シミュレートする。いつかはわからないけれど、再びはじまるそのときのために。そのときまで、この気持ちを持ち続けるために。これだけは忘れてしまうわけにはいかない。

だからわたしは、だからわたしたちは、ここにいる。

これで発表を終わります。

解説　次のはじまりのために、魂を持続する

松尾亜紀子

二〇一〇年代の前半、ＳＮＳで女性たちが心の中に抱えた「モヤモヤ」を吐露しはじめた頃、松田青子のデビュー作『スタッキング可能』をはじめて読んだ。当時勤めていた出版社がこの本を出すというので、会議で配られた数ページの原稿をパラパラと読んだ私は、あまりの面白さに机をバンッと叩いて、「え、これってフェミニズムですよね⁉」と叫んだ記憶がある（企画書のどこにも書いてなかったから）。あれは、女性たちの「モヤモヤ」が、このはなはだしく性差別的な社会への違和感であり怒りであり、つまりその吐露はフェミニズムの発露だと認識される少し前だった。

いま、こんなふうに、私たちの物語を書いてくれる人がいた！　と、友人たちともものすごく喜んだ。祝祭みたいなムードだった。あれからほぼ十年、その間に私は会社を辞め、フェミニスト出版社兼書店をはじめた。松田青子は、スタッキング可能な椅子を積み上げて闘う物語のあとも、ずっと自分の魂を守るために抗う「わたしたち」の物語を書き続け

てくれていた。

魂は疲れるし、魂は減る――『持続可能な魂の利用』の主人公のひとり、敬子の気づきだ。本当にそうだと思う。通学電車では痴漢、会社ではセクハラに遭い、街ではわざとぶつかられ、ネットもリアルも容姿を勝手にジャッジしてくる広告だらけで、ここに住むすべての人の生活を守るべき政治は、利権まみれの「おじさん」によってぐちゃぐちゃにされている国、日本。どこにいても、一秒一刻、どうにかして「おじさん」が私たちの魂をすり減らそうとしてくる。

この「おじさん」とは誰か、というかなんなのか。敬子の妹と一緒にカナダに住んでいる恋人エマが言う。

「わかんないけど、日本って特に、悪い意味で、女性のことしか見ない国だよね。家父長制が徹底してるっていうかさ。女性にそうさせている男性の存在は無視して、女性だけを問題にして、非難することが当たり前になってる。そのシステム自体は絶対に問題視しない。これじゃ男性はまるで透明人間」

的確すぎる。もやもやもやもやと漂う霧に包まれた国から、一旦外に出てみなければわからないことがある。

　松田青子の小説を読む人には説明するまでもないが、家父長制とは、国や家を繁栄・存続させるために男性が権力を握り、女性はそのために子を産んだり、男性をケアしたりする道具とされる、性別二元論に基づいた社会システムを指す。「国のために産めない」性的マイノリティや、システムに従えない人は排除される。「おじさん」とは家父長制そのものであり、身近にいて〝いつでも会える〟家父長制のことだ。狡猾かつ陰湿なハラスメントで敬子を追い込んだあの男のように、小綺麗で表向きには人当たりのいい、一見それとはわからない「おじさん」もいる。そして、事件後も加害した側はしれっとこれまで通りに仕事を続け、敬子の方が退職せざるをえなかったように、なにか問題が起きたら、いつだって被害者のせいにされる。

　こんな常に防衛するのが当たり前の、「毎日がレジスタンス」な日々のために、敬子の元同僚の香川歩は、ピンクのスタンガンを常に持ち歩いている。お気に入りのなにかが、友だちのように寄り添い守ってくれるあの感じは、私もよく知っている。敬子にとってのピンクのスタンガンは、あるときから猛烈に夢中になったアイドルグループの一員である××の存在だ。××は、これまで日本の「アイドル」が、いや、あらゆる日本の少女たちが勝手に「おじさん」に求められてきた笑顔を一切見せない。現実のアイドルがモデルのようだが、名前が「××」と伏せ字にされていることから、この物語の舞台は、あ、私たちが見知っている日本から少しずれた場所なんだとわかる。

松田青子は優れた翻訳家でもあって、彼女と同じように、ＳＦやファンタジーのような手法を取り入れながら、女性やマイノリティの切実な物語をつむぐ作家を紹介している(言語を超えた作家たちの共鳴が素晴らしいので、未読の方は松田の翻訳書も読んでほしい)。そのなかのひとり、カレン・ラッセルは自身の作品に登場する「現実と非現実の中間地点のような世界」を、「トワイライトゾーン」と呼ぶ。現実では片すみに追いやられ、大きな声にかき消されてしまう声を聴くための不思議な場所。『持続可能な魂の利用』の世界もこのトワイライトゾーンであり、小さな物語を聞き逃さないための装置なのだ。

エマの言う「女性のことしか見ない国」の象徴が、もちろん「アイドル」だ。刊行当時、「この作品自体が『おじさん』のようにアイドルを消費し、搾取しているのではないか」というような感想や書評をいくつか読んで、ちょっとそれは作品の構造をスルーしすぎじゃないかなと驚いた。この小説は、アイドル批評であると同時に日本批評であり、そのために、究極の二次創作をやってのけている。××と遭遇した敬子に歩が言う「オタクの妄想みたいな話ですね。本当に妄想じゃないんですよね？」という台詞どおり、これは（フエミニストの）オタクの妄想みたいな話だ。

アイドルとファンは対等に支え合うべきなのに、現実社会ではそうなっていないから、敬子たちに支えられて××たちは革命を起こす。「キモいおじさんがプロデュース」するお人形であってはならないから、革命を歌ったアイドルが自分たちの歌に感化されて革命を起こす。女性が「おじさん」の道具にされてきた現実をカリカチュアし、物語を「超展開」させて、これは現実には起こりえない（起こってほしいけど！）二次創作だと示している。超展開は、現実のモデルへの最大の誠意だ。モデルがいる物語を書くことの暴力性に作者が自覚的なのも、二次創作が原因でアイドルを辞めた宇波真奈が登場することで明らかだ。かように、二重三重にも搾取から遠く離れるよう書かれていると思うのだが、どうだろうか。

そして、少女たちが「おじさん」から解放され、日本がきれいに畳まれたあとの未来から、過去の日本社会をレポートするめちゃくちゃ楽しそうな少女たち（の魂）が登場する。この世界は、敬子が自分の魂を持続させるために「18%」の保険を預けた場所なのだろう。

その場所は、敬子の魂が、日本の女性たちの魂が少女となって、自由に生きることのできる緑の楽園だ。そこで少女たちが生きている限り、敬子たちの魂は死なない。

長い時が経って、「わたし」も「わたしたち」も××も、名前がなくなり、体がなくなり、みんなの魂がひとつの「核」となって、語りは終わる。

ちょうどこの小説が連載されていた頃、私は仲間たちと「フラワーデモ」という、花を手に性暴力に抗議する運動を立ち上げた。全国で一緒に声を上げた人たちとつながり、昔から日本の性暴力や性差別と闘ってきた大先輩が、これは革命だと言ってくれた。いろいろな葛藤があり私は運営からは離れてしまったが、なおのこと、敬子がデモに行くシーンはとても感慨深い。のちに、作者がインタビューで、フラワーデモがはじまった様子を見て小説に落としこんだ、と語っているのを読んで、その接続が嬉しかった。

××たちが革命を起こさなかったこの現実では、その後、コロナ禍が広がり、東京五輪が開催され、#ＭｅＴｏｏと声をあげた女性や性的マイノリティへの酷いバックラッシュは、リアルでもネット上でも激しさを増している。ちょっとだけ前進してもすぐに押し戻されそうな毎日だけど、デモを始めたときの、私の「前へ！」「前へ！」という気持ちは確かに保存され、続いている。歩の言葉「だから、わたしたち、つながって、やってやりましょう」はいつも胸にしまってある。この小説が言うように、いつだってまたはじまりであり、革命は持続していく。歩と敬子が何十回目かのお茶をしながら語るように、フェミニズムも抵抗も、お茶をするような日常や生活と地続きで、すぐ側にあるから。

私が営む書店では、松田青子の小説をはじめて読んだ若いフェミニストがときどき感想を話してくれる。「こんなふうに思っていいんだなって」「私の思ってたことが言葉になってて」と、みんな十年前の自分のように興奮している。ピンクのスタンガンみたいな松田さんの小説で、あなたと私がつながっていますねと思いながら、うんうんと聴いている。

（まつおあきこ／編集者・エトセトラブックス代表）

『持続可能な魂の利用』　二〇二〇年五月二十五日　中央公論新社刊

中公文庫

持続可能《じぞくかのう》な魂《たましい》の利用《りよう》

2023年5月25日　初版発行

著　者　松《まつ》 田《だ》 青《あお》 子《こ》

発行者　安 部 順 一

発行所　中央公論新社
〒100-8152　東京都千代田区大手町1-7-1
電話　販売 03-5299-1730　編集 03-5299-1890
URL https://www.chuko.co.jp/

ＤＴＰ　嵐下英治
印　刷　大日本印刷
製　本　大日本印刷

Printed in Japan　ISBN978-4-12-207369-2 C1193

定価はカバーに表示してあります。落丁本・乱丁本はお手数ですが小社販売部宛お送り下さい。送料小社負担にてお取り替えいたします。

松田青子の本

おばちゃんたちのいるところ

Where The Wild Ladies Are

悩み多き現代人のもとへ、おばちゃん（幽霊）たちが一肌脱ぎにやってくる。シングルマザーを助ける子育て幽霊、のどかに暮らす皿屋敷のお菊……嫉妬や怨念こそが、あなたを救う!?　胸の中のもやもやが成仏する愉快な怪談集。

中公文庫

女が死ぬ

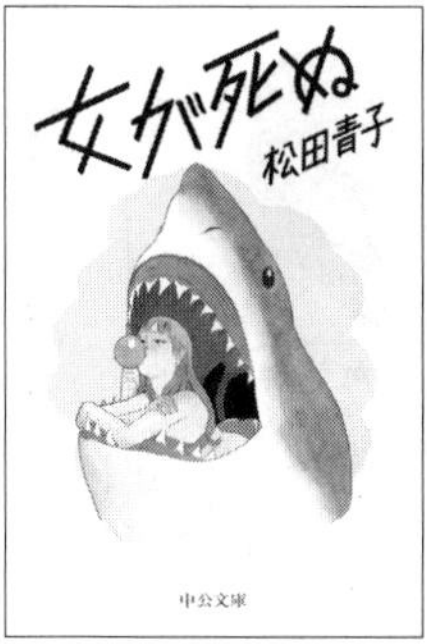

「女らしさ」が、全部だるい。天使、小悪魔、お人形……「あなたの好きな少女」を演じる暇はない。好きに太って、痩せて、がははと笑い、グロテスクな自分も祝福する。シャーリイ・ジャクスン賞候補作「女が死ぬ」を含む53の掌篇集。

中公文庫